花《はな》筐《かたみ》

KazUo
DaN

JN171711

檀一雄

P+D
BOOKS
小学館

目次

花《はな》筐《かたみ》　――――― 5
元帥　――――― 53
白雲悠々　――――― 129
ペンギン記　――――― 153
誕生　――――― 241
光る道　――――― 265
用語注釈一覧　――――― 294

花《はな》筐《かたみ》

榊山《さかきやま》は丘の頂きに立っていた。どうどう波の音が湧《わ》いてくるその足もとから乳白の霧が渦をまいて榊山の毛髪をあおり上げていた。潮風は容赦なく手足を濡《ぬ》らしたが、五十尺の崖下にうねっている海は霧の底に見えなかった。いや、白い霧の包囲のなかで、風と波の咆吼《ほうこう》と絶えず吹き上がる毛髪のほかには一間先の視野も閉ざされている。感受性の隅々《すみずみ》までがなんの隠蔽《いんぺい》もなく放置され、五体はわなわなとふるえていた。次第に榊山の体内には光のように峻厳《しゅんげん》な充実感がみなぎっていった。それを飽和点まで待ち耐えると榊山はくるりと後ろがえった。それから後も見ずに丘の頂きから駆けおりた。

長い間、異邦の両親の膝《ひざ》の間でほんの仔猫のように愛撫されてきた榊山は、その一瞬の間に成長した。従って霧のなかで自分の姿を丈余にも思いあやまった錯視《さくし》はいつのまにか幻のように声をあげ、この物語のなかの榊山の勇気にどんなに美しい鼓舞を与えつづけたことか。

その町はまず架空の町であってもよい。が、譬《たと》えもなく青い海が町の戸ごとに間断のない波の音を運んでいた。細い砂丘がするするとその湾をかこって、岬《みさき》の上には絶えず浜昼顔が咲いていた。空はそこからのびあがり、その彎曲《わんきょく》の底からは夜ごと星がばらまかれた。私の少年達はこの町の自然から無限の啓示を受けると同時に自分達の情熱のうらでこの自然もまた無限に改変できると信じていた。そこから私の物語がはじまる。

岬が海に突入するちょうどその首のあたりの松林のなかに聖フランシスが開設した大学予備校が隠顕《いんけん》した。蔦《つた》の匐《は》った赤煉瓦にはもうぼそぼそと風雪の汚点がしみている。が、年に一度は芽生えのようにはげしい若者達の感受性の氾濫《はんらん》がその紅煉瓦の縞目《しまめ》に映《は》えるのである。従って教授達の生涯にまつわるにがい沈滞の焦慮は、しばらく眼に見えぬ活気を呈してくる。とともにそれら感受性の鎮圧がこの教授達の唯一の遂行すべき任務と変り、もっぱら自分達生存の光栄が讃《たた》えられる。やがて年が暮れはじめると、教授達の功績は眼に見えて校内の空気を鉛のように陰鬱《いんうつ》な一色に塗抹《とまつ》する。鋭い個性は磨損し隠蔽《いんぺい》しつくされて、教授達の顔にはたぐいない安堵と、同時にまた例のにがい焦慮がもどってくる。学校とはこのような不可解な有機作用を営む性懲りのない組織体のことである。

今日はまた新しい入学生を迎え入れて、始業第一日であった。深く垂《た》れこめていた霧がようやくもつれはじめた波のなかに呑《の》まれてゆくと、そこからもここからも新鮮な若者達がおどりだし、松林を抜けては古風な煉瓦の教室のなかに消えていった。おずおずと、しかしはげしい覇気《はき》はもう小さな椅子の上で爆発しかけている。

榊山はそれら新しい友人達の間に入り混って血潮の鳴りを鎮《しず》めていた。光は半円の細窓から半いぶしに洩《も》れていたが、その窓際には先ほどから一人の少年が凭《もた》れている。それは異様に頭の巨《おお》きい少年であった。光のせいもあろうが、顔色があやしいばかり鈍い白さで、広く禿《は》げ上った額には静脈が透いている。はげしい緊張と弛緩《しかん》がみるみる交替してこの少年の顔の上を翳《かげ》っては去った。少年は焦げた緑の上衣《うわぎ》から一本の煙草《たばこ》を抜きとると、その煙を深々と吐く。不思議な畏敬《いけい》の念が榊山の心を捉《とら》えて離さなかった。

始業の鐘が鳴りはじめた。少年はその鐘の音を聞いたとも聞かぬともなくひどく無関心の表情で、ちょうど水の中を浮遊するように巨きい頭を突き出したままゆらゆら歩きはじめ、榊山の隣に着席した。

若い山内教授は廊下を急ぎながら、落ち付くのだ、とまず軽い口笛を吹いた。それから教室のドアをノックした。が、何の反響もないことは知っている。それは譬《たと》えもなく典雅な山内教授の趣味であった。教授はドアを開いて教壇の上に疾駆する。「グッド・モーニング・ゼンツルメン」と低調につぶやいた。若者達の浪費に近い感性の放射が例の通りしばらく教授の神経を攪乱《かくらん》する。その眩暈《めまい》をしっかりと踏みこたえ、

「ミスター石田、ミスター井上……」

と名簿を読みはじめた。が、このとき扉をガーンと開き、見るからに逞《たくま》しい一人の少年が躍

りこんだので、教授の平静術は全く破れた。教授は改めて自分の敵を見守ると、そこでおもむろに逆襲した。

「歯痛《はいた》ですか、腹痛《はらいた》ですか？」

誰も笑わなかった。まだ子供だ、洒落《しゃれ》なぞわからんだろう。教授は強《し》いて自分で安堵すると小鼻に皺をよらせ、そのままワイルド(1)の名講義をはじめていった。

何という長閑《のどか》な日だ。太陽はもういつのまにか左側の窓いっぱいにまわって教場は眠ったように静かである。榊山は何かもやもやと立ち上る靉気《あいき》のなかで教授の痴態を幻燈のように眺めていた。痴態、そうだ痴態。ワイルドを身近かな友人の一人に数えこんでいるこの教授は十九世紀の物すさまじいダンディスムを自分のきざっぽい赤靴《あかぐつ》の先にまで俗化させねばならないのだ。安心するがよい。人類最高の使命や犠牲はこのような市井の一隅《ぐう》でなごやかに再現される――。

突然、教場の隅でドンと席を蹴る音がした。榊山がふりかえると先ほど遅刻してきた少年がもう教壇の方へずかずか歩みはじめていた。頬《ほお》は紅潮して、顔いっぱいに奔放な情熱が漲《みなぎ》っている。少年は教壇の前をくるりと右に折れるとそのまま扉を排《お》して出ていった。

榊山はうっとりとその少年の後姿に酔っている。まるで光のなかに躍りだすようだった。何という名前の男かしら。そうだ、僕もひとつ出てみよう。追いかけていってあの少年を抱いてやろう。それから、じっと自分の勇気をはかってみる。鋭い眩暈《めまい》がひっきりなしに襲ってきて手足は折れるようになえてくる。眼をつむった。早鐘のような動悸《どうき》が鳴っている。駄目だ。榊山はそう思うと改めて教授の顔を眺めてみた。まだそんな年でもなさそうなのに髪は禿げ、薄い神経質な唇《くちびる》をぴりぴりと痙攣《けいれん》させた。チェッ教授階級。擦硝子《すりガラス》のあちらには長閑な春の外気が大手をひろげて待っている。榊山はいらいらした。

するとまたゴトリと隣の少年が立ち上った。例の畸形《きけい》のように巨きな頭の持ち主である。その頭をゆらゆら空気のなかに浮遊させ、ゆっくりと出ていった。なんという独創的な退場だ。榊山は嬉《うれ》しかった。それは決して先ほどの少年の模倣ではない。その証拠にその少年はまたゆるゆると戻ってくると荷物を纏《まと》めあげ、それを小脇に抱えて、もう一度静かに出ていった。

榊山は眼を閉じて自分の怯懦《きょうだ》とけんめいに戦った。退場した二人の少年の後姿が五光のように光を帯び、はげしい勇気と絶望を誘った。身をおこしてはまたくじける。が、霧のなかの自分の姿の巨大な幻覚が榊山に蘇《よみがえ》ると、もう引き摺《ず》られるように立ち上った。何も見えなかった。いや、扉を排して出たときに教授の脂《あぶら》ぎった鼻頭《はながしら》ばかり眼の先にこびりついてかなわなかった。榊山は廊下から松林に抜け、そこから一目散に走りだした。眼にとまった喫茶室にはいりこみ、その階段をかけのぼる。椅子に凭れると体じゅうがしっとりと汗ばみ、眼に見えぬ垣を飛び越えた自負と疲労が入り混って、可笑《おか》しいくらいふらふらした。水を飲んだ。それからはじめて自分の空腹に気がつくと傍《かたわ》らの少女を呼んで軽い昼食を指命した。

それにしてもなんという不思議な少年だ。真先にとびだした逞しい男。もう一人の静脈の見える奇態な頭の持ち主。あいつは煙草を吸ったっけ。榊山は喉《のど》を鳴らして楽しい空想を追いつづけた。

ランチを食べ終って茶寮を出ると、榊山は辺《あた》りを見廻《まわ》しながら煙草を買った。それをポケットのなかでしっかり握り、人気のない公園に抜けた。白い花弁がぼそぼそ散りかかってそれが肩の上に融《と》けてしまいそうな美しいよろこび、折々風にのってはげしい芳香が漂った。

木立を抜けて白いベンチに腰を下ろす。陽《ひ》は疎《まば》らに洩れて、そこここ華麗な縞をつくっていた。静かだった。もう鳥の声すら聞えなかった。ただ一筋の噴水ばかりとめどなく白い孤線を描いていた。可笑しい、と榊山は泣きたくなる。こんなところにこんな秘かな営みがあるなんて——。

榊山はそっと一本の煙草を抜き取るとまるで赤子のように珍しそうに燐寸《マッチ》を擦る。煙は光の斑点を縫ってゆらゆら立ち迷ったかと思ううち、虹のように美しく消えていった。

静かな回想が流れてゆく。一昨年、アムステルダムの公園で、母の膝もとに坐っていた臆《おく》病《びょう》な自分、花々の間に散発する異国の会話、大人の世界、何故とはなく無性におそろしかった。

が、それではお母さんが僕の不幸を分担したか？　いや、しばしば榊山の眼の前には思いがけぬ父母が立ち上って、小さい榊山を愚弄《ぐろう》した。

「そうだ、お母さん、今僕は公園のなかで煙草を喫《す》っています。煙草を！」

榊山はそう独《ひと》りごつと思わず微笑した。

「これが僕だ、お母さん」

榊山はそのまま一散に公園を駆け抜けた。おばのところに行こうかしら、行こう。榊山は口笛を吹く。それから一台の自動車《くるま》にとびのった。蒼《あお》い海沿いの道を車は滑《なめ》らかに疾走する。折々鷗《かもめ》が舞いのぼり、その鳥影にからむように翠《みどり》の波がもつれ上った。車はするする丘の頂きにのぼりつめ、榊山は朱《あか》い屋根の見えるおばの邸《やしき》に走りこんだ。

「まあ、ま、俊彦《としひこ》さん。だからうちからお通いなさいと言ったじゃありませんか」

若いおばが笑いはじめると、榊山は、

「ううん、ちがうんですよ。用事があるんだ」と顔を赧《あか》らめた。

「毎日用事ができるんでしょう。でももう学校は終ったの？」

「ね、後で話すけどね」

「美那《みな》ちゃんも来てるのよ」

「そう。とても面白いや、学校は」

そのまま二人は応接室に入っていった。窓を開くと真下に海が見下ろせる。テラスの椅子に美那が毛布をかけて、ぼんやりと海を見ていた。

「美那ちゃん！　僕だ。おいでよ」

返事は聞えなかったが、ちょっとこちらをふりかえって淋しく笑うと、美那はゆっくりと立ち上った。

「どうして来たの」と榊山は美那に言った。

「少し学校を休みたくなったの」と美那はおばと顔を見合わせて微笑《ほほえ》んだ。美那は十八、榊山より一つ年上、ミッションスクールの寄宿舎にいるが病気がちの細い顔立ちは義理の姉である榊山のおばと不思議によく似通っていた。おばは二十五、美那の兄である夫が死んでこのかた、ずっとこの邸に独身でいる。

「ねえ、おばさん、とても偉い友達が二人できたんだ。それでね近いうちに連れてくるよ。うんと御馳走《ごちそう》してね。いい」

「いらっしゃいよ」

「とても凄《すご》い頭なんだ」

「でも、どうしてそれが俊彦さんにわかったの？」美那は軽くせき入りながら榊山に言った。

「ううん。頭の大きさなんだよ。だけど、頭もいいさ。見たってわかるよ」

それで三人は笑いだした。榊山は先ほどの幻影を追いながら、

「翠《みどり》の服を着てるんだ。煙草を喫うんだぜ。それからもう一人の友達ね、獅子のようだよ。勇ましいんだ」

おばと美那は終始笑いながら榊山の声にききとれている。それにしてもいつこんなにはげしく伸び上ったのかしら、と榊山の紅潮した頬を美那はそっとぬすみ見た。話はつきず、そのまま夜に入った。美那は少しく疲れてきた。が、今夜の榊山はなんという美しさだろう。その魅力をいつまでも手離しかねる気持で、じっと安楽椅子に凭《もた》れている。

榊山はカーテンを繰った。すると海の上にぽっかりと大きい月がのぼっている。波の上には、低く靄《もや》が匐《は》って、海は光らなかった。が、その靄は月光を吸いちょうど荒絹のようにぼんやりと照っていた。

「美那ちゃん、下に出ようか。おばさんは？」

「寒そうだわ、わたしはお紅茶でも入れときますから二人でいっていらっしゃい」

榊山が先にたって広い庭を降りていった。もう両側の薔薇《ばら》や花々に露が光り、両足をくすぐるようにしめしてくる。二人は崖沿いの四阿《あずまや》に抜けた。月は団々と昇《のぼ》上って四阿のなかに窺《のぞ》きこんだ。「綺麗《きれい》だな」と榊山は美那の脇に腰を下ろした。それからそっと美那の手を探る、つめたかった。美那の顔は蒼褪《あおざ》めたが月を見衛《みまも》っている榊山は知らなかった。波の音が微《かす》かに鳴る。折々靄が切れ、その裂け目からギラリギラリと海が光った。先日、美那は喀血《かっけつ》した。それはおばにも語らなかったが、それ以来の不吉な孤独が今日突然榊山の両腕に救われそうな不思議な眩暈《めまい》——。美那の口もとはふるえてきた。

「美那ちゃん、ね」

榊山はまっすぐに海を見つめたまま口をきる。疳高《かんだか》く入り混った愛情が美那の血管をしびらすようにゆすったが、榊山の熱い息吹《いぶ》きを頬いっぱいに感じると美那は石のように立ち上った。

「いけません、俊彦さん」

両頬に光った涙を榊山はにっこりかくすと、

「御免ね」

そのまま月明の庭を海の方に走っていった。


すべての物事の発端というものは道化者が口火を切るならわしになっている。従って阿蘇《あそ》と呼ぶ剽軽《ひようきん》な少年が、学校における私達の主人公のまず最初の融合をかたちづくった。彼は軸の太い西洋燐寸《マッチ》を隠していて、ふいに誰彼の容赦なく背中や靴にこすりつけ、点火のたびにわきおこる哄笑《こうしよう》と侮蔑を何かしら自分だけの途方もない光栄だとはきちがえる。それは様々な個性間の最初の融合をつくるのだが、いつのまにかそれら個性のかげに置き忘れられて姿を消す。

つまり道化とは絶体の無個性が描く可憐《かれん》な悲劇なのだ。

はじめ面白がった連中も、そのうち阿蘇の遊戯には飽いてしまった。ところが阿蘇自身はまた性懲りもなくその遊戯をつづけるのだ。ある日も阿蘇は榊山の靴へ丁寧にかがみこんで、例の燐寸をすりつけた。いやな男だ、と榊山はひどく不気嫌になり自分の席に戻っていた。阿蘇は噴き出しながら教壇に上る。するとその足もとでドンとすさまじい音がした。阿蘇も真蒼《まつさお》になった。投弾《なげだま》なのだ。煙硝臭いけむりが漂って阿蘇の後ろには始業第一日目の真先に退場した鵜飼《うがい》がにこにこと笑っている。榊山は嬉しかった。こみあげてくる信頼を奥歯のなかで甘く嚙《か》み、一日榊山は幸福だった。

そのうち頭の巨きな例の少年の姓もわかった。吉良《きら》というのだ。ミスター吉良と教授が名簿を読み上げたときに、榊山は可笑しいくらいその姓があの頭にふさわしいと思った。

教場の隅には冬期のストーヴがまだ取りはずされずに残っていた。阿蘇は枯枝や木片を拾い集めそのストーヴにたきつける。すると級友はより集まって、ごく自然にお互いの会話がほぐれだした。

ある朝、鵜飼は見るからに可愛《かわい》い仔犬を教場に連れこんだ。それは授業中もクンクン啼《な》き、よちよち歩む。ところが次の休み時間、鵜飼が便所に立った留守、吉良は教壇の上でその仔犬を締め殺してしまった。それをまた御丁寧に黒板の上に吊り下げて、吉良は全く無感覚の表情のまま、自分の席に帰っていった。

「誰だ！」と鵜飼は激怒した。阿蘇が指さした吉良の頬を鵜飼は横なぐりに、ピシと打った。吉良は椅子からよろめき落ちたが、相変らず無感動の表情で、坐りなおすと、静かに煙草をくゆらした。

「君の姓は吉良っていうんだね」とある日ストーヴのわきで剽軽者の阿蘇が言った。

「うん」と吉良は問うている阿蘇の顔も見ずに巨きな頭を真直《まっす》ぐもたげて答えている。阿蘇は狡《ず》るそうに眼を細め、

「吉良上野《こうずけ》の子孫かい？」

「そうだ」

あまりに明瞭《めいりょう》な返答なので問い手の阿蘇がへどもどした。座は白けた。ストーヴの上にのせられたお湯が、湧いてきたのか、時々シューンと鳴りはじめた。すると何を思ったのか、脇にいた鵜飼がポケットから一枚の金貨を取り出して、それをぽんとお湯のなかに抛《ほう》りこんだ。

「おい阿蘇、取れたらやるぞ」

恰好《かっこう》のてれかくしができたように、阿蘇はそのお湯をチョンチョン掬《すく》った。

「あー熱ッ。駄目だよ、鵜飼君」

金貨はお湯のなかでキラキラと光っていた。

「僕でもいいのかい？」

突然吉良が口を切ったので、鵜飼は心持ち蒼ざめた。

「ああ、いいよ」と鵜飼は言った。

一同は固唾《かたず》を嚥《の》む。吉良が緑衣の袖をまくし上げると、その下から乳白色の莫迦《ばか》に細っそりした腕が見えた。榊山はおそろしかった。よろめいてくる足をしっかりと踏みこたえ、吉良の顔をじっと見る。輪廓のぼけていた吉良の巨きな額の上に、みるみる紫の静脈がふくれ上り、不思議なくらいすさまじい情熱がみなぎった。と思ううちズブと湯のなかに手を差し込む。引き抜いた指の間に黄金の貨幣がピカピカ光った。紅くほてった手で金貨を左ポケットのなかに抛りこみ、吉良は右ポケットからもう一方の手で煙草を抜いた。ぼんやり気を嚥《の》まれていた阿蘇があわてて燐寸《マッチ》を擦ると、それに口をよせ吉良はゆっくりとその煙草をくゆらした。

「済まなかった、吉良君」と鵜飼がいう。吉良は焦点の飛んだ眼で鵜飼の顔をみつめたまま答えなかった。

翌日から吉良は学校を欠席した。その翌日から鵜飼も顔を見せなかった。毎日退屈な課業がつづいて、榊山はいらいらした。それにしても灼《や》けた吉良の手は大丈夫かしら、と榊山は授業の合間にはじっと前方を見すえたまままとりとめない幻を追う。そうだ、今日は吉良を見舞ってやろう。榊山はそう思うと次の休み時間にこっそり教場を抜けだした。教務課の名簿を繰って吉良の住所を書きうつし、裏門から外に出た。素晴らしい天気だった。砂丘を抜けて浜沿いに歩む、その真上には鳶《とび》がゆるく舞っていた。暖かかった。もう晩春の日差しは重く、榊山の膚は汗ばんだ。

尋ねるアパートはすぐわかった。ちょうど丘陵にかかる斜面に、木立深くそそり立っている。玄関に来て、さて榊山はためらった。いるだろうか？　いや、いるのはいる。が一体何しに来たんだろう。口実は？　そのままくるりと後がえったが、また思い直して駆けこんだ。吉良の部屋は五階だった。

ノックした。返事がない。もう一度軽く叩く。すると中から低い声で、

「おはいり」

吉良の声だ。榊山はドアを開いて、静かに入りこんだ。

「ああ、君か」

書見していたらしく、両手をポケットに差し込んだまま吉良はくるりと回転椅子を回転させた。相変らず翠の服を着こんでいる。

「もういいの？　手は」と榊山はおずおず言った。

「ああ」と答えたが吉良はポケットから手を出さなかった。部屋は広く、備え付けの家具は豪華だった。おびただしい書籍がぎっしりと積まれ部屋いっぱいに散乱している。

「随分勉強するんだね、君は」榊山は驚いた。植物学、動物学、地質、天文の本が主だった。

「さあ、おかけよ」と吉良は右手で椅子を示し、卓上の煙草を一本くわえた。

「君は喫うのかい？」

「ううん」と榊山は首を横に振って顔を赧らめた。吉良は左手をそっと出す。見ると白く繃帯《ほうたい》を巻いている。その手で燐寸をささえ、くわえた煙草にゆっくりと点火した。

「君、ねえ」と吉良は笑った。

「君は始業日にやっぱり教室を出たね」

うつむいた榊山を見ると、

「なあに。見てたのさ。待ってたんだ、松林のなかで。君が駆け出しちゃうんで、話せなかったけど」

吉良はそう言って立ち上った。しばらくまぶしそうに外を眺めていたが、ふいに窓を開いて、

「いいものを見せたげようか。ここへおいでよ。そら」

教えられるままに、榊山は窓に立った。木立を洩れて下は一面海。左手の丘陵が一二丈の崖になってその海に雪崩《なだ》れ入り、波のなかには鋭い岩が散っていた。一番巨大な岩の上に高く両手を差しのばし真裸の少年が立っている。

「鵜飼だよ」と吉良が言った。鵜飼は岩の上からざんぶと波のなかに躍りこむと、凄い波にもまれもまれて泳いでいる。美しかった。

「毎日なんだ」と吉良は窓を閉じる。

「きみ」と吉良はしげしげ榊山の顔をのぞきこんで、

「あいつと友達になれよ」

それから突然顔を上げ、

「あいつが美しいのは、孤独だからだ。いや目的のない体力なんだ。浪費家さ。が、榊山君。僕はもうまた言葉にしちゃったね」

吉良はそう言い、にがく笑っていた。

「アルバムでも見ないかい」

「ああ」と榊山が肯《うなず》くと、吉良は立ち上って一冊のアルバムを抱えてきた。それからぼんやりと煙草を喫った。榊山は部厚いアルバムを一枚一枚と繰ってゆく。どれも病院らしいベッドの上に吉良が巨きい頭だけを突き出している。

「君は長い病気だったんだね」

「ああ。僕が歩き覚えたのは四年前だ。生まれてはじめて立ち上ったのが四年前だ。おかしかったな、その時は」

「これはどこ?」

「スイスだよ」

「僕もアムステルダムにいたんだ」

「が、榊山君」と吉良は急に口をゆがめ、何かをはげしく決断すると、

「その写真をはがして、一枚一枚裏を見て御覧」

榊山は何げなく裏がえしたが、それを見ると真赤になった。紅潮した榊山の頬を吉良はじっと見つめていたが、

「もうおかえり、榊山君。僕も疲れたから」

そのまま吉良はベッドの上に横になった。

「さよなら」

「さよなら」と吉良の声を低く聞いて、榊山は部屋を出た。海はもう黄昏《たそが》れはじめ、そこここに不気味な鳥の声がきこえていた。榊山は汀《なぎさ》を歩いた。白く翻る波の一枚一枚にも、鱗《うろこ》のようにあのなまめいた写真の幻影がこびりつき、榊山の心臓が、ドキドキ鳴った。すると今度はその幻の底に鵜飼の美しい姿態がのび上って、榊山もほっと吐息を洩らすのである。


その夜榊山は眠れなかった。窓から凄い月明りで、波の音もきこえなかった。海を一周《ひとまわ》りしてこようかな、と時計を見る。もう一時を廻っていた。榊山はアパートを出ると、渚《なぎさ》に沿って静かに歩いた。松の影が白砂に黒く匐《は》い、足音ばかりサクサクと耳に鳴った。何という寂しい

夜だ。榊山は腰を下ろす。遠い砂丘の眺望《ちょうぼう》のなかにチラチラと花火が見えた。おや、誰かいるな。榊山は立ち上って花火の方へ歩いてみた。案の条、黒い人影がただ一人で立っている。その手が支えた小さな花火は月光のなかでおかしいくらいに白っちゃけたちまち消えるが、人影はじっと飽かずにたわむれている。花火も尽きたのか男は月を浴びてしばらく立っていた。それからぽいぽいと衣類を脱ぐ。素裸になる。ブロンズのように美事な姿態が、月下の砂丘を弾丸のように走りはじめた。黒い波のなかにザンブと躍る。一筋の波がキラキラゆれて、男はもう沖の方に泳いでいった。鵜飼だな、と榊山は固唾《かたず》を嚥む。榊山は脱ぎ棄てた衣類の側まで走ってゆくと、

「おーい、鵜飼くーん」

返事はなかった。一望皎々《こうこう》たる月明の海がいたずらにのびひろがり、榊山の頭脳のなかにドキドキと音響に似た無限の感覚を刻むばかりで、それらしい人影は波の上にも見えなかった。虚空に視入《みい》ったまま、小半時《こはんとき》が過ぎたようである。やがて沖の方から白い水しぶきが光りはじめた。と思ううち人影は立ち上って波のなかを歩いてくる。やっぱり鵜飼だ。榊山はそう思うと腰を上げ、

「鵜飼君」

黙って寄ってきた鵜飼は大きいタオルで全身を包み、体じゅうを素速く摩擦しはじめた。そ

れからズボンをつけ、

「どうして来たんだい」

「歩いてたんだ、眠れないのでね。そしたら泳ぐ人がいるんだろう、大抵君だと思った」

「あそこで休もう」

鵜飼は先にたって松の根に腰をおろした。煙草を抜いてそれを静かにくゆらすと、その煙は月を浴び、ちょうど濡れたように渦《うず》を巻く。

「僕にも一本くれないか」

「喫うのかい?」

「ああ」と榊山は顫《ふる》える口に煙草をくわえ、

「君、どうして学校休んでるの」

「お天気がいいからさ。でも明日《あした》から行くよ」

「おいでよ、学校今淋しいんだ。今日ね、僕、吉良君の部屋から君が泳いでるのを見ていたんだ。君、毎日だってね。寒くない? 僕も明日から泳ごうかな」

「吉良の手、治《なお》ったのかい」

「ああ」と答えたが、榊山の眼に吉良の巨きな頭がゆれはじめると、

「君、吉良君をどう思う」

「僕より偉いよ。が、君より愚劣だ」

榊山は鵜飼の言葉をそらで聞いたが、鵜飼のはげしい決意を感じると急にすくんだように口をつぐんだ。

「僕は吉良と戦うよ。いや、殺すかも知れん。あすお昼に公園の噴水のそばまで来ないかい。きっとだよ。じゃ、さよなら」と鵜飼は榊山を置いて、一人で月の中を走っていった。


相変らずその翌日も吉良と鵜飼は休んでいた。教室は妙に淋しく阿蘇のたきすぎた枯枝でストーヴががんがんほてった。晩春の陽は暖かで、誰もストーヴには近寄らず、阿蘇一人、卵を何個もうでていた。

「君、食べないか?」

阿蘇は塩を副《そ》えて榊山の脇になつっこそうに寄ってきたが、榊山は不愉快だった。でも、鵜飼と一諸に公園で食べたら甘美《おい》しいぞ。そう思うと榊山は、

「卵全部僕にくれない?」

「ああ」とうれしげに阿蘇が抱えてきた鶏卵を一つ一つぽけっとに入れ、あっけにとられた阿蘇を尻目に榊山は外へ出た。

まだ時間が早かった。公園には人影一つ見えずどんよりぬくもった空気は動こうともしなか

った。ベンチの上に横になった榊山の顔の上に藤《ふじ》の花房《はなぶさ》が垂れてくる。重く婉を含んだその臈《ろう》たげな花の堵列《とれつ》は視覚のなかで榊山の身体に甘い鈍痛を与えていた。生きているということはこんなに甘美な夢なんだ！　こんなにゆたかな幻影なんだ！

そのまま軽くまどろんだ。ふいにくんくん犬の啼き声がきこえて眼を見開くと美事な犬が榊山の手足にたわむれている。

「テル！　テル！」

鋭い声が聞えた、と思うと犬は賢く耳を立てる。と思ううちに鵜飼が木立をかわしかわし駆けてきた。

「やあ、早いね」

飛びかかるテルをうけて、抱き上げたり、ころんだり、鵜飼はしばらく芝生の上にじゃれていた。すると榊山の後ろでくすくす女の笑い声が洩れてくる。榊山がふりかえると、二人の少女が軽く榊山に目礼した。誰だろう？　榊山は心持ち顔をほてらせながら返礼したが、記憶になかった。

「鵜飼さん」

一人の少女が声をかけると、はじめて気づいたのか鵜飼は寝ころんだままこちらをむいて、

「やあ、来てたのか」

それから立ち上った。声をかけた少女は連れの少女と眼を交《か》わしてもう一度くすりと笑った。

「これが榊山君だ」

「もう挨拶《あいさつ》済んだのよ」

その少女が快活に答えた。

「榊山君、これはあきねという僕の友達」

「ああ」と榊山は握手をする。あきねは怜悧《れいり》な顔で、榊山の手をしっかり握り、

「わたしは鵜飼さんと吉良さんの弟子《でし》ですの、でもこちらは鵜飼さんの恋人、千歳《ちとせ》さん。吉良さんのお従妹《いとこ》よ」

千歳は赧《あか》くなりながら榊山の手を握りかえした。二人とも美しかった。しかし榊山は沈んだ千歳よりも、たえず浮き上ってくるあきねの方を好きだと思った。

「ねえ、榊山さん」とあきねは狡《ずる》そうに眼を見開いて、

「あなたは美那さんの御親戚《ごしんせき》でしょう?」

「ええ、どうしてわかったんです」

「美那さんのアルバムのなかにいらっしゃるわ、あなたが。同じ寄宿舎なのよ」

「そうだ、乾盃しよう」と、鵜飼は下に置いていたコートのポケットから葡萄酒《ぶどうしゅ》を抜きだした。

「コップは」とあきねが言う。

「廻すのさ」鵜飼が答える。

「いやーよ」と千歳が言った。

「ああ、いいものがある」

榊山はにこにこ笑いながらポケットのなかから卵を七つとりだした。

「どうしたんだい」

「うーん、今日ね、阿蘇君からもらったんだ。これを割ったら盃《さかずき》になるよ」

それで一同は美しく笑いくずれた。藤と噴水があまりに美事なので、みんな甘い葡萄酒をほめちぎった。榊山は一人ではしゃいだ。淋しくなったからだ。それから酔った。

「もう帰らないといけないわ」と千歳が言った。

「そうね」とあきねは翳《かげ》りはじめた陽を眺めて立ち上った。

「ねえ鵜飼君。あす、ここで揃って僕のおばさんところにゆかないか。御馳走を食べるのさ。美那ちゃんも連れてきてね。僕は吉良君を呼んでくるから」

「よしそれでは別れよう。あきね君、榊山君の額に例の奴を捲《ま》いてやれよ」

あきねはポケットから白い繃帯を取り出して、それを榊山の額にぐるぐると捲き付けた。

「何するの?」

「こうして街を歩くと可笑しいんだよ。勇気が出るぜ」

鵜飼もひざまずいて、千歳の手から、同じように捲いてもらった。あきねは捲き終るとその繃帯の上に深紅のルージュをにじませた。次第に榊山の心もはずみ上った。

「じゃ、さよなら。君はあきねと別れるんだ」

鵜飼はそう言い、千歳を抱いて接吻した。テルが高く飛び上る、あきねの黒い瞳を見るうちに榊山の勇気もくじけてきた。

「駄目だ、駄目だ」と鵜飼の声に、榊山はあきねを藤陰に誘い入れその白い手にくちづけした。紫の夕靄《ゆうもや》があたりをけぶし、駆けてゆく二人の少女の後姿はすぐに見えなくなった。

「ねえ、今から街にゆこう」

鵜飼はテルをはげまし、勇ましく歩みはじめた。榊山も不思議な錯乱を学びとると、血けむりを浴びたように興奮した。踏みしめる足が鳴った。万歳、僕達の世界だ。もう夜の灯がしみ、街はキラキラと譬《たと》えもなく美しかった。

「さあ、今夜は飲もうよ」

鵜飼はビール園のなかで、榊山の体を抱きしめる。二人は酔っていった。酔った榊山の眼に血のにじんだ鵜飼の繃帯が見えてくる。そのたび、榊山はカチリとコップを合わせビールを乾《ほ》した。棕櫚《しゅろ》の植込みにはいつ出たのかさらさらと風が鳴った。足もとを流れている大河は満々と潮を吸い、その水の中に対岸の灯りが針のように突き刺さった。

「九時三分だ。榊山君、ついておいで」

突然鶏飼は立ち上ると、ビール園を出た。人ごみを分けて走るように歩む。榊山はその後を追いかけた。道を何度も折れて駅近い線路に抜けた。暗かった。ただ数百条のレールが物凄く光った。

「いいかい、九時十七分にここを渡るんだ。僕と並ぶんだぜ」

鶏飼はひょいひょい線路を渡りはじめる。並んで走る榊山の真前を轟然《ごうぜん》と列車が飛んだ。勾配《こうばい》に沿うて数台の流れ貨車がゴーゴー下る。その間を二人はけんめいに縫いつづけた。今跳《と》び越えた線路に上り急行が驀進《ばくしん》してきたと思うと、もう眼の前に鋭い警笛を鳴らして貨物列車が迫ってくる——。レールは焼刃のように榊山の視覚と嗅覚《きゅうかく》にからみより、列車の爆音は電光のようなすさまじい色彩を放った。渡り終った榊山は鶏飼の腕のなかによろめいて、とめどなく鼻血をふいた。


翌朝榊山は漠迦《ばか》に早く眼が覚《さ》めた。ぼんやり窓によって海を見ると、昨夜の出来事が夢のようにうかんでくる。すると全身にはちぎれるほどの勇気がみなぎった。鏡を見た。鏡のなかに紅のにじんだ繃帯が見える。榊山はそれをはずして微笑みながら部屋の中をゆききした。楽しかった。榊山は聖書を取って手当り次第に朗読した。それから久しぶりに机に凭れ母宛《あて》の手紙を書いた。

お母さん。僕は元気ですよ。今この部屋に来てごらんなさい。きっと僕を抱きたくなる。わかるかしら。今僕がどんなにお母さんを愛しているか。今どんなに僕が大きくなったか。今、朝ですよ。朝陽がいっぱいなんだ。そら。今聖書を読みます。きこえますか。今なら僕、戦争にだって行きますよ。

さよなら　僕

お母さんへ

榊山は封筒を持って外に出た。それを投函《とうかん》して海に出た。海に沿って髪をなびかせなびかせ走った。それからレーム(2)の上に腰を下ろす。何という典雅な朝だ。朝凪《あさなぎ》が波を消し海は太古のように静かな威厳に満ちている。榊山は立ち上るとゆっくりと砂を踏み、浜昼顔の咲いている砂丘にでた。その松の下に横になって、我知らずまどろんだ。

もう、太陽は高かった。今日は約束があったっけ。榊山はまぶしい眼を見開くと立ち上って吉良のアパートに走っていった。つい一昨日の自分がおかしく思われるくらい榊山は大胆にアパートの階段をのぼりつめ、部屋の扉をノックした。

「おはいり」

ちょうど書見をしていたらしい吉良は榊山の顔を見ると心持ち笑って、

「見たよ」

「なあに」と榊山の不審な顔に、吉良は立ち上り海と真反対の小窓を開いてその小窓に肘《ひじ》をつき、しばらくぼんやり見下ろしていたが、

「御覧!」

榊山が覗《のぞ》いてみると真下に白い線路が見える。榊山は頬を染めた。

「でも、美事だったな。酔っていたろう?」

吉良は窓を閉じ、アルコールランプでお茶をたてた。

「飲まないか?」

「ありがとう」

そのまま吉良はむっつりと黙りこんだ。それから煙草盆を開いて榊山に差し出すと低い声で、

「君は見るまに伸び上るね、もうじき僕も鵜飼も君の亡霊だ。君には勇気がある。おそらく一番ね。鵜飼には生命しかない。あんな美事な生命という奴は人が享《う》けねば意味がないんだ。ところで僕には何もないよ。僕は永《なが》らく病気だった。おふくろが看病したんだ。僕が笑えば笑い、僕が泣けばおふくろも泣いたのさ。それで僕は可笑《おか》しくない時に笑い、笑いたいときに泣いて

みた。だんだんおふくろは僕の形骸《けいがい》だけを信じだした。それで僕は僕の観念だけを信じはじめた。もう対等な愛情じゃないだろう。何故《なぜ》っておふくろは僕の形骸をいたわりだしたんだ。だから僕は僕の形容詞でおふくろを一喜一憂させた。ところでおふくろは死んだよ。僕が立ち上ったので驚いたんだ。形骸が君、歩きだすはずないじゃないか。その形骸が歩いたんだ。おふくろのたった一つの安心が崩《くず》れてしまった。死んだのさ。僕は仮りに気紛《きまぐ》れな僕の観念を信奉する。咄嗟に観念の指令を発したら、必ずそれを断行する。どんな破廉恥でもいいよ。僕は僕の意志だけを信じている。熱狂的に信奉する。それだけさ」

吉良は急に口を閉じてひりひりとその口もとを痙攣《けいれん》させた。それからおもむろに上衣のボタンをはずしていたが、

「御覧！」

突然吉良は胸をはだけた。痩《や》せこけた乳のあたりを見れば十数カ所の火傷《やけど》がある。それは気味悪くふくれ上ってところどころ紫のかさぶたが匐《は》っていた。榊山はおそろしくて顔をそむけた。

やがて何もなかったように吉良は立ち上ると、

「榊山君、散歩に出よう」

二人は黙って海岸に出た。海が鳴った。松の根元に腰を下ろすと榊山はためらいながら、

「ねえ吉良君、今日よかったら僕のおばのところに行かないか。約束したんだ、鵜飼君と。みんなで行こうって」

「ああ」と吉良はぶっきら棒に答えた。

「じゃ、行こう。もう時間なんだ」

吉良は榊山の後ろからゆっくり歩いていった。


吉良と榊山の自動車が公園に乗り入れるともう四人は待っていた。飛びかかってくるテルと鵜飼とその後の美那を見て榊山は子供のように安堵する。

「ねえ吉良君、これは美那子。親戚なんだ」

「ああ」と吉良は目礼した。美那の顔は蒼かったが、吉良は不思議な感動で美那の前へ立ちすくんだ。鵜飼はテルを抱いて助手台にのり、美那は吉良と榊山の間、千歳とあきねは前に坐った。車はゆるやかに走りはじめた。鵜飼は絶えず鼻唄を歌っていたが吉良はバック・ミラーのなかの美那の横顔を見すえたまま動かない。それからつっとうつぶせになって顔をかかえた。美那はそれを感じている。が誰も知らなかった。車がとまったときに顔を上げた吉良の口もとはおびただしい鼻血だった。蔽《おお》っていた手にもべっとりと血が染《にじ》んでいる。美那は素速くポケットからハンケチを取り出してその口もとを拭《ぬぐ》ってやった。顔を突き出したまま吉良は無感覚

な表情でその看護を受けていたが、

「ありがとう」

両手を拭ってそのハンケチを自分のポケットに押し込んだ。降りていた榊山が、

「どうしたの?」と覗きこむと、

「なんでもないんだ」

美那をおろして吉良も出た。美那は吉良の後ろから用心深く歩いていった。もうポーチのあたりで榊山とおばの華やかな会話がきこえていた。

紹介が終ると翠緑《すいりょく》の照りかえしにくらむ部屋いっぱいに、美事な団欒《だんらん》がはじまった。ペパーミントやベルモットが透明なグラスに盛られ、少女達は声を立てては盃を合わせあった。

その日のおばはことのほか美しかった。鵜飼はテルを応接室までひきずりこんで、いつもおばの横を離れなかった。

夜に入るとみんな踊った。レコードの旋回につれ恋の組合せはみるみる変った。鵜飼は絶えずおばと組んだ。吉良はあきねを腕に抱き、美那は榊山にもたれている。酔った千歳は犬を抱いてはね上るギターの波に熱い息を洩《も》らしていた。

少年達の恋愛というものは不思議なものだ。自分を信じてくれる恋人をすぐに拘束だとはきちがえる。その信頼を受けて自分が百倍も美しくなっていることを忘れるのだ。そこで新しい

恋人に献身する。先の恋人への報恩が次の恋人のなかに集中され、従って新しい恋の美しさは倍加されるわけだ。

鶏飼は千歳を忘れたようにおばとばかり踊りつづけた。何という優雅なおばだ！　この婦人のためには命を賭《と》す、と鶏飼はおばのさわやかな胸によりそった。その献身のさまは美しく、美那は榊山の腕に舞いながら、逞しい鶏飼の姿を見つづけた。

美那の体は疲れてきた。ともすると手足は折れるように崩れかかる。しかし光のなかに踊りだしてくる鶏飼を見ると、もう蘇えったように自分の足をはずませた。榊山は美那を支え、いたわりながら優しく舞った。それにしても今夜の美那の美しさ！　その不思議な頬のあたりの紅潮に、榊山も酔うのである。吉良の堅い腕にもたれ、あきねは榊山の優しさを見守って、夢のように舞っていた。

絶えず波よするような夢のワルツ、その波にのって鶏飼は時々おばの額に口づけする。美那は榊山がもの足りなかった。それで今度は吉良の手をとると、前よりはげしく舞いはじめた。あきねは榊山の手にもたれた。鈍いブルースが美那の耳に遠鳴りした。それから美那は吉良の手のなかにもうゆらゆらとくずおれた。

ある日、鶏飼は榊山を誘って築港の方へ散歩した。風が強く、雲足は地をすれすれにはらっている。岩壁を廻ると、二人は別世界に入ったような大胆な情熱を感じはじめた。錆びた巨大なボイラーや鉄器のかけらが散乱した。おびただしく虫の匐《は》ったレームを越えて、黒い波がめらめらともつれのぼる。鵜飼は堆高《うずたか》く積まれた鉄管の上に駆け上ったり、レームの上を一散に走ったりした。そのたびに白い繃帯のなかの毛髪がパサパサと鳴った。

怪しい家が海に沿って、軒並につづいていた。いきものの荒々しい気配が何かしら二人の心を苛立《いらだ》たせた。榊山の前を走っていた鵜飼が、突然鉄屑に躓《つまず》いて顛倒《てんとう》した。起き上った鵜飼の手首はなまなましい血を噴いている。すると鵜飼は、

「ねえ榊山君。明日の夜、僕らここに宿《と》まらないか？」

榊山は鵜飼の顔をじっと見る。それから風のなかに声をけぶし、

「ああ」と低く答えた。

二人は黙って街に出た。

「じゃ、ね。明日十時にネスパの二階で待ってるよ」

そう言い残して、鵜飼は人ごみのなかに消えていった。

榊山は夜の雑沓《ざっとう》をかきわけている。懸命な約束を果さねばならないことに顔をほてらせながら。そうだ、こんな夜にはどんな偶然な機会からでもさらわれかねないのだ。榊山はそうひと

りごちて雑沓のなかから自分をきびしく衛《まも》っていた。彼はときどきたまらなくなっては走りだす。小刻みに息を吸いあげそれをまたはげしくはいた。

鶏飼との約束はネスパの階上であった。時間は十時。今は九時半を少しまわったばかりである。早いなと榊山は思った。鶏飼はまだおそらく来ていないにちがいない、こんなときにあわてるのは自分の小心を証拠だてるようなものだ。彼はそう考えると道を逆にとってできるだけ静かに歩きはじめた。

はげしい人通りであった。その人ごみのなかには何かが眼を光らせ、網を張っているように思えてくる。彼は眼をつぶり、オーバのふところにもまれた煙草を探っていた。どんな場合にも、自分の怯懦《きようだ》を叩きこわしてゆくという情熱は榊山の美しい勇気であった。鶏飼がひょい跳び越す垣《かき》を、榊山はいつもその百倍の勇気で越えてゆかねばならなかった。

煙は口のあたりを立ち迷ってそれから矢のような奔放をとりもどす。彼は眩暈《めまい》に似た欲情でそれをながしみた。彼はふと立ち留まった。歩き方が、というよりも何かしらもっと重大なところにうつろな気持が宿ってくる。彼はそれを今すぐ直接な原因に結びつけようと考える。鶏飼は来ているのだ、それを逆な方角に歩いてしまうなんて、自分ながらばかばかしい。榊山はくるりと後ろを向いてそのままスタスタ歩きはじめた。

ネスパの閾《しきい》をくぐると、もう三分廻っていた。二つ三つ器物が冴《さ》えたほか、がらんと暗い。

階段に垂れた糸杉が、ちょうど舞台の脚光を浴びたようにぼけている。女達の視線が寄ってきて、それをはじきかえす力が自然と鵜飼への愛情に変る。榊山ははずむように階段を上っていった。

案の定鵜飼はもう待っている。榊山は早いな、とそう勝手にきめて十五分前にネスパに来た。女給達を射殺《い》すような大仰な眼で階段を上った。ちょっと当てが外《はず》れた。大抵の場合ならこれは怒ってしまう感慨に変るのである。だが鵜飼は注意深く腰をおろした。むしろ榊山をいたわってやらねばならないな、とそう思った。それに鵜飼の心には変更を知らせる楽しい期待があった。こう言うのだ。

「あれは全部変えちゃうよ」

そう独《ひと》りごちながら鵜飼は自分の計企をたんねんに想像のなかで追っていった。十八分経《た》ったとは思えなかった。なぜなら、どんな場合にも鵜飼は十五分と待てない男だから――。

そこへちょうど榊山が上ってきた。思いなしか顔がほてっている。黙ったまま二人ともニッと笑った。それは何にたとえられぬほどはげしくお互いの愛情を語るのである。

背ほどもある棕櫚竹《しゅろちく》の鉢植を廻って榊山は鵜飼と卓子《テーブル》をはさんだ。そこにはちょうど、半透明の光が円く隈《くま》をとっている。光がちょうどうしろから流れているので榊山の顔には無数の陰影が漂ってくる。鵜飼は光を嘸むような逞しい顔で榊山を見た。

「待った？」榊山が言うと、

「随分ね、……でも君が待つといけないからと思ったんだよ」と鵜飼はつけ加えた。

こんな会話から切り出すのではなかった、と榊山は思った。鵜飼が人をいたわったりするのをついぞ見たことがなかったから。そんなに自分は哀れっぽく見えるのかしら、とこう鵜飼の愛情を榊山は年齢のひけめに感じてしまった。榊山が十七で鵜飼が一つ上の十八である。それも十二月と二月で三カ月の開きなのだが、鵜飼の心丈夫を榊山はいつも年齢の開きとはきちがえる。しばらく二人とも黙っている。どんなに豊かな会話できり出そうものかと、お互いの友情を育てる口火を探しながら。

鵜飼は今先まで考えていた言葉を、みんな忘れかけた。というより、その場その場の美しさの前には先ほどの空想なぞ興ざめて見えたから。彼はポケットから煙草を摑《つか》むと、

「おのみ」と差し出してみた。

榊山はそれを勢いよく取ってパッと煙を吐いた。それから低い声で語りはじめた。

「僕はひょいとこんな気がしちゃった。ね。僕のすることなすこと、みんな装飾じゃないかしらって。僕は早くから来ていたんだよ。ところが急にそこの角から逆に歩き出しちゃったのさ。それで僕は立ち留まって煙草を吸ったのだよ。けんめいに吸ったのだよ。それが、何かしら自分にとっては大変稀薄《きはく》なことに思えてきたんだ。おそらく煙草を吸うことまで、ね」

榊山はしっくりと言葉を口のなかにこめて語っている。声は幾分ふるえていて、その不思議な魅力に、鵜飼は、何という美しい言葉だと思った。だが、告白の意味は到底理解できるはずがなかった。鵜飼はそれを昨夜の約束について榊山が、反省をはじめたのだと思ってしまう。榊山を誘ったのはいけなかった。まるで榊山を計略にかけて卑怯な試錬台にのせてしまったようなものだ。そこで鵜飼は冷えた紅茶をぐっと飲んで、

「ねえ君、昨日の約束はもう止すよ」

榊山は蒼ざめた。鵜飼が僕をいたわるんだな、そう思うと声をはげまし、

「いいじゃないか、僕はほんとにいいんだよ」

「ううん、もっと面白いことをやるんだ。ね。今夜、寄宿舎に忍びこんで千歳と美那に接吻するんだ。それも自分の恋人を変えるんだぜ。いいかい、君は千歳に、僕は美那に」

「はいれるのかい？」

「ああ、あきねが開《あ》けて待ってるんだ。十一時に」

そのまま二人は外に出た。浜辺に抜けると月が出ている。二人はレームの上をどんどん駆けた。もう寄宿舎は見えていた。鵜飼は立ち止まると月を見上げ、

「明るすぎるな。まあいいさ。見付かったら窓から海に飛ぶんだ。いい？」

「ああ」と榊山が答えると鵜飼は靴を脱いで塀際の松の根にそろえ、するする幹を上りはじめ

た。

榊山も後ろから松にのぼる。雪夜のように白い月光だ。鵜飼は塀を越えた松の枝を注意深く匐《は》って、ぽんと校庭に飛び下りた。すぐ榊山も後を追った。


美那は眠れなかった。消燈の部屋いっぱいに真白な月光が流れている。美那は起き上ってぼんやりと机の前に坐ってみた。苦しかった。不思議な孤独がこみ上げた。月の明るいおばの庭で榊山の熱い息がもう口もとまで匐いよった。あの折なぜ榊山を斥けたのかしら、病気！　それが何だろう。するとまたおばと舞っている逞しい鵜飼の面影が眼に見える。打ち明けようかしら、鵜飼に。があの人はおばを恋している。そうだ、妾《わたし》をさらうものは偶然ばかりだ。そう思うとまた新しい寂寥《せきりよう》がこみあげて、美那の頰をとめどなく涙が走った。しかし来る、きっと嵐のようにすさまじい闖入者《ちんにゆうしや》がやってくる。妾を掠《さら》う。きっと鵜飼だ。それは、と美那は顔を上げた。その眼の前に幻のように真の鵜飼が立っていた。鵜飼は美那を抱きしめると、

「わかるかい、僕が？」

そのままはげしく美那の唇に接吻した。

美那はその翌日から高く発熱しておばの邸《やしき》にひきとられた。それにしてもあの夜の鵜飼は夢

かしら、と美那は熱のなかでそればかり思いつづけた。鵜飼は時折見舞いにきた。しかし美那は誰にも会わなかった。あれがもし夢だったら、とそればかり怖《こ》わかった。

体が楽になると美那はときどき鉛筆を握って誰にあてるともない手紙を書いた。おかしかった。が、ある日その手紙を鵜飼宛に訂正した。ところどころに、鵜飼様とほんの二三字名を書きこんだばかりだった。それでも疲れた。案外楽に死ねるかも知れないわ、とぐっすり眠った。

夢を見た。

青葉のはげしい山のようだった。その山を美那は一生懸命に登っていた。息が苦しかった。それに暑い。美那は一枚一枚と着物を脱いで登っていった。坂はどこまでもつづいていた。息が切れる。美那は絶えず横になろうと焦《あせ》ったが、体はいうことをきかなかった。絶えず前のめりに足が進む。息がつまる。助けてくれ、と呼びたかった。が、勿論声は出なかった。坂の上から誰か来る。白い着物だ。いや月光が当って白く光るのだ。おかしい。今は昼なのに、なぜあの着物ばかり月の光が当るんだろう。おや、鵜飼さんじゃないかしら。

「鵜飼さん」

するとその鵜飼はよってきて、

「どうしたの?」

「とても苦しいの。助けてよ」

鵜飼は大きくうなずいた。それからちょうど坂を逼《は》っていた蛇の尻尾《しっぽ》をヒョイと摑んでひきよせた。その鱗《うろこ》を逆しごきにずるりとしごく。鵜飼の掌《てのひら》に白い鱗がきらきら光った。

「さあ、お嚥《の》み」

鵜飼は美那を抱きよせると、その鱗を美那の喉に抛《ほう》りこんだ。鱗は喉のなかに針のように逆立った。息がつまる——

「あーっ、あーっ」

美那はいちめん血を吐いたまま、もう息が絶えていた。


美那の死後、おばはいたましいほど憔悴《しょうすい》した。それで鵜飼と榊山はおばの邸に寝泊まりした。鵜飼はおばを連れ、夕べにはよく海に出た。汀《みぎわ》には飛び抜けるほど美しい浜昼顔が咲いている。その上をテルが駆け、鵜飼は波のなかに石を飛ばす。落ち際の陽《ひ》があたりを染め、おばは鵜飼の姿にいつも優しく笑みかけた。が、言葉は忘れたように口をつぐんだ。

ある夜邸に吉良が来た。ちょうど、榊山は留守だったし、おばは早く引き籠《こ》もったまま出なかった。吉良と鵜飼は言葉少なに応接室で対坐した。

「ねえ鵜飼君」と吉良は煙草を捨てて口を切った。

「君、美那の写真を見せようか？」

「ああ」と鵜飼は眼を輝かせて寄ってくる。吉良はしばらく虚空のなかを見つめていたが、ポケットから一枚の写真を取り出すと、

「これだ」

鵜飼の顔は蒼ざめた。写真は寄宿舎らしくガランとくらい湯殿の中で、あちらを向いた全裸の美那の立ち姿だった。

「誰に撮《と》らせたんだ！」

「千歳だよ」

「美那は知ってたのか？」

「勿論、知らないさ」

ピシと鵜飼は吉良の頬をなぐりつけた。

「出ろ！　海に出ろ。海に」

吉良は鵜飼の後ろからゆっくりとついて出た。頬は蒼ざめていたが、足もとは狂わなかった。渚《なぎさ》に出た。鵜飼は吉良に組み付くと、どうと砂の中に横倒れた。鵜飼は馬乗りになって、吉良の頬をビシビシたたいた。吉良は抵抗しなかった。ハアハアと熱い息ばかり洩れている。風がはいった。鵜飼は不意な淋しさに襲われると立ち上って、吉良の体をひきおこした。

レームの上に並んで坐る。波が光った。星がおそろしいほど遠かった。

「君は何かを待っているね、吉良君」と鵜飼は低く声を落す。

「ばかな」と吉良は答えた。

「白状したまえ、何だ。何を待っているのだ。何が来るんだ。え？」

「来るものを待ちゃしないさ。もし僕が何かを待っているとすれば、そりゃ来ないものだろう」

そのまま二人は黙りこんだ。二人は立ち上るとしばらく歩いた。それから鵜飼が、

「さよなら」

「じゃ、さよなら」と吉良も静かに歩いていった。


それは驚くほど晴れた一日だった。しかし夜になると月も消え、空は暗く蒸し暑かった。おばの邸には珍しく吉良と千歳がたずねていた。応接室にみんな寄ったが、言葉ははずまなかった。

「ねえおばさん、泳ぎませんか？　とても綺麗なんだ夜光虫で」と鵜飼が言った。

「ええ」とおばは肯いた。

「吉良君達、どうだ？」

「ああ、僕は今夜榊山君に用事があるんだ。千歳行っておいでよ」と吉良は言った。

「あたし泳げないから、後で四阿《あずまや》から見せていただくわ」と千歳が答えた。それで鵜飼とおばは出ていった。

吉良はしばらく黙っていたが、深々と煙草を喫うと、

「榊山君、崖のところまで来てくれないか、話があるんだ」

「ああ」と榊山は立ち上った。

吉良はゆっくり歩いていった。暗かった。榊山は吉良の後ろにつづいたが、吉良は一言も語らなかった。崖に出ると吉良は松の根に腰を下ろし、

「おかけよ」榊山も腰を下ろした。見下ろすともう鵜飼たちが泳ぎはじめたのか海の中に二条の筋が光っている。夜光虫だ。吉良はそのまましばらく黙っていた。それから低い声で、

「ねえ、榊山君。僕は今までいろんなことをやってきた。やったことに意味はなくとも、やることには意義があるんだ。僕はいろんな世界を造ったよ。すくなくも、この世界の意味とは全然別な世界を造ったさ。やったことが無意味だからだ。僕は情熱を持っていた。勇気ももったよ。僕は破廉恥な方法で、昨夜は千歳を侮辱した。いきものが歩むように僕は僕の情熱に何の不自然も感じなかった。少くも僕は僕の世界の存在を信じていた。信じていたんだ。が、存在というものは信じるものかね。あることだろう。だから僕は暗黙のうちに、誰かが見届けてく

れることを必要としたんだ。それだけに壮烈だと思ったさ。ありがとう、それで最後だ。ではさよなら」

「あっ！」と榊山が寄ったときに、もう吉良の姿は見えず、闇《やみ》の広袤《こうぼう》ばかりただ漠々と迫っていた。

鵜飼はおばと泳いでいた。手足は夜光虫にさらされて、動くたび透きとおるように光ってくる。潮は不思議なくらいぬるかった。おばはその美しさに、絶えずピチャピチャ手足をゆすって鵜飼の名を呼びつづけた。鵜飼はおばのまわりを旋回する。その大理石のように美事な四肢《しし》の明滅が四阿《あずまや》の千歳にもよく見えた。

鵜飼は時々おばの両足をさらったり、また軽々とおばの体を抱き上げた。それからはげしくおばの唇に接吻した。手足は水の中にキラキラと顫《ふる》えたが、唇は冷たかった。不思議な孤独が、風のように鵜飼の心を過ぎ去った。おかしい。愛する女を胸に抱いて、何という淋しさだ。もう一度おばの体を抱きしめた。涙がでた。鵜飼はそれをかくして潮のなかにもぐりこむ。一人でどんどんと沖に出た。涙はとまらなかった。何という不吉！　いけない、と鵜飼は鋭く旋回しておばの方に戻ったが、おばの姿は見えなかった。

「おばさーん。おばさーん」

鵜飼は狂気のように潮のなかをかけめぐった。自分の体が物すごく夜光虫に照るばかりで、あたりは墨を落したように暗かった。ひょっとしたら上ったのでは、と鵜飼は庭をのぼって邸へ入った。

「おばさーん」

部屋部屋を歩きまわったが、誰もいない。

「吉良クーン。榊山クーン。千歳」

返事はなかった。鵜飼はおばの居間にかけこんだが、そこにもおばの姿は見えなかった。ただ机の上に、鵜飼様へと一通の封書が見えていた。

毎日を楽しく過させていただきましてほんとうにありがとう。おなつかしきあなた様とももうお別れになりました。せめて美那さんとあなた様の思い出の数々を語り合うことに致しましょう。同封の美那さんのお手紙は、死の床の聖書のなかにありました。お健やかに御成長のことを祈ります。

さよなら

同封の美那の手紙は、

御気嫌《ごきげん》いかがですか。寝ております窓の外に毎日良い陽です。もうあまり悲しくはございません。今日は風が鳴りました。小さな色の濃いい葉っぱが百万も千万もただザワザワとゆれているあのとりとめのない淋しい景色はいつ見たものでしょう。その記憶ばかりを今日は風の音に、思いおこし、思いおこし際限がございませんでした。

悲しいといっても言いすぎですし、楽しいといっても言いすぎです。苦しむのは嫌ですが、でももう怖《おそ》ろしくはありません。

鵜飼様。おかしい話ですが昨夜一等悲しかったことは自分の裸の姿を見たことがないことです。見たのかしら。でも記憶にはございません。それを思って一晩狂いそうでした。湯灌《ゆかん》されるのはいやですが、急に湯灌もよいと思いました。ひょいと見えるかも知れません。ひょいと私の全裸が見えるかも知れません。埋めていただくところは海の見える高いところがよいと思いますが、どうですかしら。鵜飼様はお泳ぎになるそうで、その勇ましいお姿を見たいからでもございます。

墓参にいらっしゃって下さるなら、なるべく月の夜にして下さい。あまりたびたびは要りません。が、ただ必ず一人で来てください。

ではさようなら

美那

お慕わしき鵜飼様

元帥

一

白秋(3)で知られている柳河《やながわ》の鍛冶屋《かじや》町を、その黒い柳の影の濠端から直角に折れこんで、西にまっすぐ辿ってゆくと、昔の街道の有様が大凡《おおよそ》どんなものであったかわかるだろう。

今から三十年前頃には、俗にこの辺りでトッテー馬車と呼んでいた乗合馬車は、すべてこの道筋を抜けていた。しかし、現在では全くさびれてしまって、日陰の小さな裏通りになっている。

狭い道幅――垂れ下った軒庇《ひさし》――家並びの悪い家々――の間を通り抜けながら覗いてみると、採光のまずいこれらの部屋は、どれをとって見ても、むやみに暗い。

が、別して丹野家の作業場は、夜の灯りがともるまでは、表の通りから内部が全然わからないと言った方がいいくらいだ。

この物語のはじまる頃までは、ここは大八車の製造場だった。だから鉋《かんな》、鑿《のみ》等の木工の響きの外に、手工業をそのまま象徴するような古びた手押のフイゴと、周囲の暗さをチョロリと whether舐《な》めずる青くて赤い焔の舌先が往還から見られ、鎚《つち》を打つ音と、灼《や》ける火花が飛び交《か》ってい匐《は》た。

昭和二年二月四日の夕暮のことである。なおさら薄暗い丹野家の中二階から、重い呻吟《しんぎん》の声が洩れはじめた。

丹野セツの分娩がせまってきたのである。階段をきしませる産婆や手伝いの女達の足音がひっきりなしに聞こえていた。

しかし何となく、陰気な分娩のようだった。一つには、産婦に初《う》い初いしい期待の表情がないことだ。二つには、その主人の、無関心とでも言いたいくらいの煮えきらぬ態度からである。たった一人、隠居の音《おん》八老人だけが胸をときめかせて待っていた。茶の間に陣取った音八は、暦を繰ったり、満潮期を調べたり、はては一体全体、今夜の節分の豆撒きはやったものだろうか、どうだろうかと思い迷ったりしていた。よろずの仕来りについて格別口喧《くちやかま》しいこの老人も、節分の当夜の出産の前例を知らなかった。がまあ、これは当然やるべきことにちがいない、煙管《きせる》で一服ふかせた後に、老人の決心はきまったようである。それにしても、もうすぐ分娩だという間際になって、それでは豆撒きを分娩の前にやるべきか、後にやるべきか、とまた迷った。しかし、これもまた豆撒きの定刻にやるべきだと最後の決心がついた模様である。

そこで老人は立ち上ると作業場の方に降りていった。

徒弟達はもう納屋の合宿所の方に帰っていた。ただ一人主人の丹野梶太が作業場の隅に蹲《うずく》まり、つくねんと何かしきりに彫物をやっていた。

「おーい。今夜の豆撒きの豆は有ったかね?」

「有ろう」

「何処《どけ》や？　見て来《こ》んか」

梶太は物うそうに立ち上って、台所の方をうろうろと見廻っていたが、

「無か――」

帰って来ると老父に向ってぶっきら棒に、そう答えた。手彫りのキザミ入れにまたとりかかる気配である。

「無かなら寄せて来んか。お産の時に豆ば絶《た》やかすなら、碌《ろく》なことは無かぞ」

老人の声を浴びると、梶太は無感興な顔でノッソリと外に出ていった。

まったくの難産のようだった。産婆はしきりにかけ声をかけて励ましていたが、産婦は呻《うめ》いては脂汗《あぶらあせ》を垂らすばかりである。

汚れ果てた中二階だった。電燈が薄ぼんやりとともっている。それだけにこの大柄で肌の白い二十九の初産婦の顔は、かえってなまめいて見えた。

フクハウチ　フクハウチ
オニハーソトー
フクハウチ　フクハウチ
オニハーソトー

音八老人の盛んな鬼やらいの声がはじまった。バラバラッと障子に豆が投げつけられている。産婦の最後の陣痛がはじまった。机の両足を握ったまま、悶絶しそうな気配である。まるで鬼の手に羽交締《はがいじ》めでもされているようだった。

フクハウチ　フクハウチ

オニハーソトー

「あーっ。あーっ」

一瞬、産婦の眼の中に、男の全身の圧力の幻影がかすめ飛んだ。夫の眼をぬすんだ実家《さと》の納屋の夜――。あの夜のために、私はきっと神ほとけから殺される。

「あーっ。あーっ」

そのまま大きな罪障のしこりを吐き出すような心地がした。

産婆は血みどろだった。逆子《さかご》である。が、引き出した。窒息をまぬがれた。初声《うぶごえ》が上って、油紙にドサリと放りだす。産婦がひどい裂傷を負うている。産婆は手早くその収束にとりかかった。階下の音八達は知らなかった。突然音八が頓狂《とんきよう》な声を挙げて梶太の側に走り寄るのである。

「忘れとった。おい、臼《うす》。梶太、臼ば早う座敷に上げんかい」

「何《なん》ち？　臼？　何《ど》うし、の？」

「お産の時は、臼。きまっとる。早う、早う」

愚図つく梶太より先に老人が駆け降りて土間の臼を梶太と二人で座敷にひき上げた。それを座敷の真中に据《す》えて、ようやく老人はほっとする。

それからキリスト降誕を待ちこがれる東方の博士達のように神妙な顔で、薄暗い天井のあたりを見上げていたが、

「お？……お？……」

聴き耳を立てて、やがてニッコリと肯いた。

「生れたばいの。泣きよるばい、梶太」

なるほど耳を澄ますと、階上から赤子の啼き声が洩れ始めた。

（註）出産時、臼を据えるは呪《まじな》いなり

二

結婚後足掛け七年目に生れたこの男の子は、祖父音八によって、はじめ丹野一福と名付けられた。多分一陽来復(4)から思いついたものだったろう。けれども音八老人は出生届の段になって一喜に変え、さらに一輝に改めた。どういうわけかだれも知らなかったが、音八はおそらく姓名判断の手引書にでも拠《よ》ったものにちがいない。

男の子はすくすくと育ったが、産婦の肥立ちの方は悪かった。産褥熱《さんじよくねつ》のようである。医師がやってきて危うげに小首をかしげるたびに音八は身を切られるようだった。モチ肌で、色の白いこの嫁を、日頃亭主の梶太よりかえって音八の方が大事にしていたくらいだから、孫の名を変えたせいではなかったろうか、とこの老人は一方ならず気を揉《も》んだ。

梶太は仕事の後は毎夕つくねんと作業場に胡坐《あぐら》をかいて、キザミ入れを彫っている。女房が案じられぬわけでもないが、しかし自分には過ぎた女房だからという敗北感を、結婚この方持ちつづけているので、よろず老人にまかせきりだ。それでも出産の前々日に、酔って嫌がる臨月腹の女房を抱いたから、これだけが何となく後ろめたい。

静かなのはかえって当の産婦だった。熱にあえぎながらよく苦痛に耐えている。というより、あきらめ切っているようだった。自分の悪化が刻々わかった。

死ぬのだと思うから、あの夜の不潔な罪悪感はうすれていった。次第にほこらしい思い出ばかりに変ってゆく。いや、男の幻が熱にのって、絶えず甘い抱擁を繰りかえしているようだった。

子供は生後三週間目に、医師の勧告に従ってその母の手から引き離された。セツの眼はもう薄れかけていた。

セツは七年のうっとうしい梶太との結婚生活に、巨大な爆弾の贈物をでもするようで、階下に連れてゆかれる我が子の幻影を、眼を閉じたまま、勇士を送り出す母のように送り出していた。

こんな夢を見た。自分の赤子の裸ん坊の首に、顔だけまったくあの人の顔がすげ換えられていて、その赤ん坊が、下の作業場でまるで空を翔《と》んでは踊るように、鍛冶を打っている。相鍛冶は夫の梶太のようだった。

火花が絶えず上っている。

トンテン　トンテン

トンテン　トンテン

赤ん坊はトンボ返しを打ったり、跳ねたり、逆立ったり、様々の曲芸をやりながら、やっぱり鍛冶を打っている。

トンテン　トンテン

まったくとろけるように心地よい。

セツは、自分の悪臭の中に埋れるようにして死んでいた。

三

ここに気の毒なのはセツの異母妹のチカである。少しく婚期を遅らしていたが、ようやくこの春話がまとまり、結婚寸前のところを、セツのお産の手伝いにやらせられ、その悪化と急死から、いつのまにか赤ん坊の面倒を見るはめになって、丹野家に愚図つくうち、先方からは破談にされた。

チカは泣いたが、音八老人はチカに抱かれた赤ん坊の頬っぺたをつついては喜ぶのである。

「なんの、あんたが、この子に縁の深かったい」

そのうちいやがるチカは音八の手によって無理に梶太に押しつけられた。この半ば強制的な婚姻は成功した。

梶太は先妻の時よりは、いくぶん自分の力に自信を得たようだ。それで、音八の機嫌を損じながらも大八車の製造を中止した。リヤカーの普及が大八車の需要に深刻な打撃を与えていたことも事実だが、何よりも徒弟を四五人抱える小工場は梶太の性分に合わなかった。

梶太は家具専門の指物大工《さしものだいく》に転向した。実は兄貴が生きていた二十前後まで、榎津の指物大工の家に住みこませられていたことがあり、動作は鈍いが、落ち着いた信用のおける仕事をした。夫婦仲は格別睦じいとは言えなくとも、まあ、月並ぐらいのことはあったろう。けれども、二人の間に新しい子供は生れなかった。

四

丹野一輝はすくすくと成長していった。梶太にすっかり愛想をつかしてしまっていた音八は、この孫を度はずれに可愛いがった。老人はよく自分から志願して、チカから帯で十文字に子供を負わせてもらい、終日子守りをして飽かなかった。

しかし、それだけの甲斐はある。

まったく利発な子供だった。音八は一輝のために、正月になれば、縄を全面に巻きつけた工芸品のように見事な提《さ》げ足（竹馬）をつくってやり、また五月には鍛冶屋町で一等の鯉幟《こいのぼ》りを揚げさせた。夏の宵祭りには手を曳《ひ》いて花火を買いに出かけ、孫と老人は家の中の小さい中庭で、異様な歓声を挙げながら花火の爛熟の炎に熱狂した。

「ぬしや（おまえは）、大《ふと》うなって、何になるか？」

「元帥《げんすい》(5)」

これも一遍で覚えこんで、繰り返させるたびに老人が相好を崩してよろこんだものである。

どうも、親父の梶太にはまるっきり似たところのない子供のようだった。音八はそこがまた自慢で、

「この子はね。梶太の子じゃ無かもん。親父ばとびぬかして、俺に似とるたい」と、口癖のよ

うにこう言った。

音八のこの口癖を聞くと、梶太には時々、疑いの雲がむらむら湧く。

「ひょっとするとこの息子は、爺イがセツに手をつけてできた子かも知れないぞ」

時に、一輝をつかまえて嫌がらせを言うことがある。

「ぬしは、俺《おり》が子じゃ無かぞ」

五

一輝はおそろしくよく出来た。小学校の六年まで、首席と級長を欠かせたことがない。

「こ奴は今に元帥になる奴じゃ。梶太共は、こ奴に手をついていつかお辞儀せんならん時がきっと来る。家邸ば売ったたっちゃ、上の学校にゃ、やらせじゃーこて」

音八は梶太の反対を押し切って、一輝に中学校を受けさせた。一番で合格した。

「ほうれ、見らんか。元帥になる奴じゃ。元帥、元帥」

うわずった音八は、その孫をひきつれて、よろめく足を曳《ひ》きずり曳きずり、女山《ぞやま》の麓の観相者のもとに出かけていった。

「これが孫じゃん。丹野一輝。名は俺が付けた。ちょっと出来《でく》る奴で喃《のう》。ようと、見て下はらんか?」

音八は胸を反《そ》らせながらこう言った。

「ほーう。ほーう」と骨相見はしきりに肯き、しばらくもったいぶって一輝の顔に見入っていたが、

「うーむ。吉か凶か、喃。とにかく、ばさらか事《こつ》（大変な事）ばやりなはる人じゃ」

「大将じゃろうか喃？　元帥じゃろうか喃？」

「うーむ。そこいらじゃろう喃。万骨を枯らす相じゃから。天ニ翔《カケ》レバ鳳《ホウ》ヲ撃《ウ》チ、地ニ潜《ヒソ》メバ龍ヲ攘《ハラ》ウ、と出とりますたい」

音八はこの話に尾鰭《おひれ》をつけて、その帰り途にわざわざ親類中に触れ廻った。

セツが死んだ中二階が、取り敢えず一輝の勉強部屋にあてがわれた。すぐ頭のつかえる低い天井と、ムシレた畳。戸外の光はわずか二尺の矩形《くけい》の窓からしか、射し入らない。しかしその仄暗《ほのぐら》さが、宇宙のあてどのない茫洋《ぼうよう》とした表情を湛《たた》えつくしているようだ。ここに入れば印度洋に漂流でもしているようなはげしい飢渇にとらえられる。宇宙併呑(6)の野望が湧く。

傷だらけの素木《しらき》の古机の前に端坐すると、この陰気で激情にふるう少年の眼があやしく燃えはじめるのである。右手にはいつも短い錐《きり》を持っている。睡魔を払うための思い付きだったろうが、絶えず自分の太股《ふともも》を刺してみて、新しい野望に覚醒する。この男にとっては覚醒するということは、新しい怒濤の夢想にとり憑《つ》かれるということだ。薄暗い部屋——汚点のしみる壁

――これらの魂の温床にさしわたされた長押《なげし》の上には、ズラリと賞状が列をなすのである。
このようにして、わが少年は、この部屋の雰囲気から、彼の全生涯の勇気に導かれていった。

六

一見、彼を模範学生から区別するものは何物もない。いや、文字通り超弩級《ちょうどきゅう》の模範学生なのである。

唇は冷やかに、緊っていた。顔は母に似て少しく大きく、どちらかといえば白かった。秀でた鼻梁。禿上ったようなその額。全体が陽に焼けにくい。が、第一はあの眼差しだ。顫えるように、喰い入るように、当《あて》もなく空の中を放視する。ただしひと頃、柳河の下駄履き女学生たちが、大騒ぎをしたほど美男子であるかどうかは、疑わしい。

頤《おとがい》の中央に窪みがあり、左右二つに別れている。両方の顎はブルタスのように逞しい。沈鬱である。寡黙である。が、熱狂的だ。言語は口にすれば驚くほどの明晰《めいせき》を発揮する。飴色の強靫《きょうじん》な歯並。常住悶々の激情に耐えている。自分で支え切れぬほどの功名心。同輩に対する暗黙の冷笑。それを押しかくす克己と礼節。

そうして、一々を細分すれば貴族的に錯覚されるこれらの部分部分が、丹野一輝に集まると、どこか思い切り野鄙《やひ》な、かくすことのできない彼の来歴を示していた。身長は中学二年の末期に、父の梶太とまったく同じになり、三年、四年とちょうど首一つを抜いていった。一米《メートル》六八。

相変らず梶太は不機嫌な時に、

「ぬし（おまえ）は俺の子じゃ無かぞ」をくりかえしていたが、一輝を、ひそかにこれほど喜ばせた言葉はない。

「何を血迷っているのだろう――この親父は。当然のことじゃないか」

冷やかに、しかし至れり尽せりの孝養をはげむのである。不具者と知って、急にその不具者をいたわる偽善者のようだった。

すると今度は平静にかえった梶太の方であわて出す。元帥にかしずかれた兵隊のようにゾクゾクと身裡《みうち》をふるわせて落ち着かなくなるのである。

「なあに、俺ば心配するなち（と）いう事たい。俺どん（共）ば構《かんま》うな。俺の子じゃ無かつもりで、思うごつ（ように）やってくれ」

これを聞きつけると音八老人が梶太に向って言う。

「一輝は初手からぬしの子じゃ無か。ぬしばとびぬかして、俺ば嗣《つ》いどるたい」

老人の口癖は変らなかったが、一輝はむしろこの言葉の方を嫌忌した。

音八は一輝が中学三年の暮に他界した。すでに太平洋戦争がはじまっていた。次つぎの捷報《しょうほう》(7)

が臥床の老人の胸をドキドキあおった。

「ぬしの元帥になるとこば見られんとが、俺や悲しか——」

老人は両頰を涙で濡らしながら死んでいった。

七

勿論、丹野一輝は女学生に恋文などを書いたことはない。ニキビをつぶしつぶしの友人達のふやけた色情談には耳を藉《か》さず、女学生達の多少とも媚《こび》を売る眼は黙殺した。

彼は自分の性欲には、錐をもって対抗した。

学習に関係ある書籍以外は、どこからまぎれこんでいたのか世界文学全集の「復活」[8]を唯一冊。ただしこれは暗記するほど読み耽《ふけ》り、この書物が自分の家に紛《まぎ》れこんでいるのを神秘的なことに考えていた。なるほど、それは生母の本だった。女学校を三年で退学したセツは、丹野家に嫁ぐまで随分小説の類に読み耽っていたのである。

カチューシャが籠絡《ろうらく》される一夜のところが、ぼろぼろになるほど、読み古されていたが、これが母の読書のあとだとは知らなかった。そこをまた、ちぎれるほどに読み耽った。

丹野一輝の夢想し得る全女性は、この一巻の書籍に育《はぐく》まれた幻想以外にはない。

けれどもしんじつの愛というものはどうしても諒解できにくかった。自分の耐えきれないような悶々の激情を、かりにカチューシャほどの女に託しても解決でき得まいとそう思った。すると通学の往復に眼を合わせる、あの下卑《げひ》た、不潔な、女学生どもへの思いきり侮蔑的な冷笑が湧きたった。

彼の生活の信条というものはどこにも無い。厳しく身を律するのは、支えきれぬようなはげしい功名心の故である。

それが、何に向っているか。人間の駆使である。熾烈な戦闘への糾合《きゅうごう》と指揮。全人類を指頭に踊らせるほどの野望。

自分の沸騰《ふっとう》する血を、早くその人間集団のざわめく陣頭に追いやりたかった。

八

たった一つ、彼の生涯にも人間らしい思い出はある。中学四年の夏だった。いつの頃からか少しく視力がにぶったような心地がした。眼がかすむ。ちらつく。友人は神経衰弱だろうと言ったが、嚇《か》っとなった。かりにもそのような屈辱的な病名は我慢がならない。すると、近視か乱視か夜盲症だろうと自分でそう思った。

これはあわてた。軍人にとっては致命的だからである。義母のチカが、鰻《うなぎ》の肝をよせてきては、一輝に喰わせた。

それでも仲々恢復《かいふく》しないから、一輝は思い切って、この夏は海辺の遠景に眼を馳らそうと決心した。

毎日、自転車を駆るのである。海まで四粁《キロメートル》。多くても五粁は無い。この思い付きは素晴らしかった。突堤に自転車を放りだして海を見る。干潟《ひがた》を越えて海、海を越えて雲仙《うんぜん》が秀麗な姿でなだれていた。葦が足もとに真青になってざわめいている。その穂先のキラキラときらめいているのを見ると百千の軍団のそよぎに見えた。

「気ヲ付ケー」

「前へー進メ」

「伏セー」

「突撃ニー」

一輝の夢想は増大して、しばしば号令の発声練習になるのである。夏の陽はギラギラと干潟の上に照りつけていた。片足を船板にのせてその干潟の上をすべらせながら、大きなハンギリ(盥《たらい》)をあちこちと移動させている人の影が、芥子粒《けしつぶ》ほどに点々と見えている。貝か磯物の小魚を取るのだろう。

するとー輝の後ろの辺りで、クスクスと笑い声が波立った。が、ふり向かない。女共の声だ。やがて海の風が吹き抜ける。

またクスクスと声が上る。丹野一輝はふりかえった。

女学校一二年ほどの小娘が二人、ブルマー一つだけで両手に船板をかかえていた。よく陽に焼けた裸体である。それでも小さな乳房の隆起が見えていた。

「貴方様《あなつつあん》は、丹野さんであり召そう?」

「うむ」と肯く。

「ほうれ」と一人の少女の方が勝ちほこったようにもう一人の少女をかえりみた。二人はキャアキャアと笑い合いながら、それから走って突堤を降りていった。

船板を橇《そり》にして潟《がた》すべりをやるようだ。干潟の泥土の傾斜面を見事な足つきで滑ってゆく。かなり離れたところで、思い切ったように片手を挙げた。こちらを向いてその手を振っている。

「来召さんか――」

それからまた二人でキャアキャアと笑い合う。

一輝は腹立たしかった。無邪気なのか。それとも、こんな海面にまぎれ出て、大胆になったのか。

しかし、いつまでもこの少女達の潟すべりを眺めていた。泥の中に滑りこけては笑っている。終りには自分達の裸一杯に泥土をなすりつけてこちらをチラチラと見ては、笑っている。

これらの動物的な嬉戯の表情には丹野一輝は馴らされていなかった。彼はまったく不思議だった。眉一つ動かさず、じっと眺めているだけだ。

やがて少女達はもう飽きたのか、真水が流れ落ちる突堤の滝のところまで歩いていって、汚れた体を洗っていた。

引き返してくるのである。クスクスと笑って過ぎる。すぐそこに洋服を脱ぎ棄てているのだろう。その洋服を手ににぎって、ざわめく葦の中に入りこんだ。頭が見える。毛髪が風になびいている。その頭からワンピースをかぶっていった。

しばらくしゃがみこんだようだった。彼は雲仙の方に眼を移す。日頃のはげしい夢想が、自然の中では漸減してゆくのを感じるのである。不安だった。

ふりかえると少女達が、また後に立っていた。洋服を纏《まと》ったこの少女達は、先刻よりいくらかませて見えた。

相変らず笑い合うが、含み笑いに変っている。

「あのくさんも——(あのですねえ)」

先ほどの少女が彼に問いかけて、もう一人の少女と眼くばせした。

「貴方様は、陸士ば受け召すじゃろ?」

「うん」

「ほうれ」

と勝ちほこったようにまた相手の少女の顔を見た。

「通り召すごつ（合格なさいますように）」

何だ、と腹立たしく一輝が少女達を見据《す》える前に、

「さよなら――」

と風の中に走り出した。黙っていた少女の方が船板を抱えて後から追っている。

丹野一輝は馬鹿馬鹿しくなってきた。跣足《はだし》になって、しばらく干潟の中を歩いてみた。一尺の余りはぬかる。ぬかる干潟を狂気のように歩いてみた。ようやく、自分の心のテンポがかえってくる。ザザザーッと潮先がいつのまにか、濁った波頭を運んできた。相当の波のうねりのようだった。怒濤《どとう》の中に突入してみたい。

が、くるりと引きかえすと、少女達が体を洗った真水の滝のところに出ていって裸になり、しばらくドウドウと頭から水に打たせるのである。

帰路についた。自転車をはしらせる。先ほど話しかけてきた少女が一人だけでぼんやりと、田圃道の櫨《はぜ》のところを歩いていた。もう一人は、この辺りの家の娘ででもあるのだろう、姿が見えなかった。少女は一二度ふりかえって見ていたが、丹野を認めると何となく立ちどまった。

ハンケチで顔をあおぎ、少女なりに美しく笑って見せる。小鼻のところに汗の玉が、どうにも見覚えのない形でたまっていた。細い道の真中だから、その汗の玉をみつめながら丹野はや

むなく自転車を留めるのである。

何事も無かった。

「さよなら――」

とあどけなく言って、静かに道をあけてくれた。

「ああ、さよなら」

丹野一輝はやたらに自転車を飛ばせて、後を振りかえらなかった。

九

ちらつく眼はすぐ癒った。心が弛《ゆる》む時には、例の錐を左手に持って服の上から太股を刺し、猛烈な勉強にとりかかる。級友なぞ相手にしない。海辺で見た少女には登校の途中で一二度行き逢った。セーラー服だった。少女は軽い目礼をするが、一輝はじろりと眺めやるだけである。梶太の家の家計が向上しているのが、今の一輝の勉強には好都合だった。そろそろ箪笥《たんす》や鏡台が、米や酒の物交に変っていた頃だ。

相変らず両親は、この異常な秀才に威圧されていた。三度の食事にまで特に息子のために別菜がつけられる。

陸士は福岡で受験して、官報の発表の序列を見ると全国で一番の成績であった。田舎町には異数のことである。小さな町だから、先ず中学が沸き、噂は女学生にまで伝わって、やがて町中に喧伝された。合格者は四人居た。休暇中にもかかわらず、全校生徒が集められ、校長、軍事教練の教官、それから在郷軍人分会長の耄碌《もうろく》した少将が立会って、賞讃と激励の空疎な美辞が繰返され、盛んな送別に移るのである。合格者を先頭に立てて、町の通りを練り歩き、神社の太鼓橋の上で、さらに万歳が三唱された。

「頑張れ!」のうわずった声がしきりに湧いた。

我らの英雄は、例の蒼白い、悶々を湛える表情で、どよめく群集の頭上の虚空をみつめながら、これらの愚かな人間の集団を、雨下する弾丸の中に投げこむ、極めて酷薄な指揮の妄想にとりつかれていた。

十

一つの規格に合った制服と、寝台と、六枚の毛布の間に、人はどのような異常な野望をつつみ得るかということを知れば、丹野一輝の陸軍士官学校における生活の物語は尽きる。

おそらく、天皇も、神国も、彼の眼底の幻とは似ていなかった。彼はすべての人間を駆使し、司令する、よろめくばかりにむなしい律動と、力学の、幻影に埋れていた。

国の荒廃なぞ問題ではない。百万の餓死者、陣歿者が埋れようが問うところではない。すべての我国の軍団が壊滅して、かりに東京の都心にまで米国の殺戮《さつりく》が波及して来ようが、彼にただ一個軍団の指揮が与えられるなら本望であったろう。

彼は誇りと、無垢《むく》の虚栄のために精励した。千枚通しを相変らず錐の代りに左手に持っている。

「貴様はやる喃」と同班の箇孫太郎が舌を巻いていた。

休日の閑散な秋陽射しで、班内には誰もいなかった。丹野は蒼ざめた頬で、きっと相手を見上げるのである。

「俺は祖父が陸軍になれとせっついたから受けたんじゃ。俺はな、勉強はせんでもええ。死ねばええんじゃ」

箇はそう言って愉快そうにカラカラ笑った。濶達な男である。海軍の箇元帥の孫だった。

「が、どっちみち死ぬんじゃから、貴様もゆっくりやれや」

死？　自分の死を取巻いて軍団が渦を巻くような巨大な幻覚につつまれる。

「俺は死ぬまでやるぞ」

「うむ。貴様が生きている間は、日本は敗けんじゃろう」

「日本？」

「うむ。しかし、貴様のような立派な男は、お陽《ひ》さんの中で遊べや」

「お陽さん？」

「おう、こうさ」

裸になって、南窓の朝の陽射しを浴びながら、逆立ちをした。

起き上ると塵を払って悠然と笑っていたが、

「貴様じゃから言うが、戦争なんかつまらんぞ」

「ふん、どうしてだ？」

「親父も、戦争はつまらん、つまらんと口癖のように言っている。が、はじまったから、もう死ね、だとさ」

簡はくっくっくっくっ笑いながら、そう言って出ていった。

しばらくその後姿を秋陽射しの中で眺め送るのである。コスモスが遠くの方で倒れ咲いている。どこの班からか、軍歌演習の斉唱の声が洩れていた。

「よし、この声のある人間という奴を、ことごとく捕捉殲滅《せんめつ》[9]してみせる」

開かれた砲兵操典[10]の三角法に熱中するのである。すると一斉射の青い砲煙の幻想がむらだって、蚊のなくような人間の声は消えていった。

十一

こうして丹野一輝は敗戦の寸前に、純白な手袋を顫わせながら、最後の恩賜の時計を拝受した。

勿論、全国の新聞に報道され、郷党は湧いた。

日本の町々は次つぎと焼け崩れていたが、二日間の賜休で郷里に急ぐこの候補生は、町々の廃墟を自分の戦場のように意味深く眺めおろした。いかに陰惨であれ、遂に戦列にたどりついたのだ——。

夕暮れだった。頬は蒼ざめていた。唇は堅く緊り、町角をつつんでいる蔽いがたい疲弊の色を、冷やかに眺めて過ぎる。

濠端に相も変らず柳の蔭が続いていた。濠の水がユラユラと暮れ残っている。

「あら——、いつ帰り召したっ?」

ふいに行手に立ちどまった少女に、泣くほどの感動の声が上っている。が、一輝には記憶も何もない。その下駄ばきの足もとからモンペ、腰、胸、乳、えりくび、頬とたどっていってようやく干潟の上を滑っていたあの泥んこの半裸の少女の成人姿だったと気がついた。反射的に挙手の礼をする。まったく見違えるようだった。動物の成熟という奴は——。こいつらをも戦列に放りこめないことはないだろう。

「いつ、帰り召したっ？」

「ああ、今」

「陛下から拝領しめした時計ば、一遍だけ私にも拝ませてくれ召さんか？」

ばかばかしかったが、それでも一輝は、内ポケットから箱のまま引きずりだす。少女は夕暮をたよりながら、おそるおそる手にとって、掌に押しいただいている。鎖をたぐりよせて神妙に眺め入っていたが、それを返し、

「いつまで居《お》り召す？」

「明日発《た》つ」

「何時のも？」

「十八時だ」

「何処《どこ》さん？」

もう一度清冽な挙手の礼をして戦場に踏みこむように、さっさと行き過ぎる。

自分の家の作業場の土間に靴の音をきしませながら入って行った時には、梶太とチカがうわずってオイオイ泣いた。

丹野一輝は、偉大な将軍が、自分の生家を訪問するように、中二階の壁の汚染の跡を一々弔《とむら》

った。とりあえず酒肴だけが用意された。親子三人で食卓を囲んだが、まったく何の話題も無い。

「空襲があるてろ（とか）で、血ば調べられたたい」

「血液型ですか？」

「Oてろげなたい。何かねOちゃ？」

「ああ、Oはいい」

崩れるような安堵をする。この凡庸の男と無縁のことを確認した。

「チカも俺もOげなたい。良かっかね？　Oちゃ——」

優しく肯いてやるだけだ。

早朝、同時に目覚めるのである。チカも早く起きてオズオズ臆《おく》しながら、階上にあがってきた。

「今度東京さん上り召したら、直ぐ戦地じゃろ？」

「ああ、行きます」

「古が婆《ばば》さんに聞いたら、こりが一番弾丸よけに良か、ち言うけん。可笑《おか》しかばってん」

「何？」

「お守り、たんも」

笑って受け取る。半紙で小さい袋をつくり、キッチリと糊で閉じられていた。ばかばかしいが内ポケットにしまう。

一人で、拳銃と軍刀を点検する。これだけは梶太に手紙して前の帰省の折り買入れておいたものだが、今は不用のようだった。拳銃は現地で任官の折、貸与されるわけである。このたびの賜休に持参せよとは達せられていない。

綿でたんねんにくるみこんで机の抽出《ひきだし》の奥にしまった。

薄汚れた「復活」を久しぶりに手に取った。貪《むさぼ》り読む。自分に必要のあるところだけは、手垢で汚れていて、黙っていても開くのである。一瞬カチューシャの上に少女の成熟した肢態が重なる。抽出をあけ、急いで錐を取る。錐で太股を刺す苦痛に耐える。カチューシャを棄て去った列車が驀進《ばくしん》するのである。戦場に——。

午後四時には部屋を出た。早目の夕膳に坐らせられ、恩賜の時計を見せてやろうかとも思ったが、梶太とチカに何の期待も無いようだから、やめにした。

それでも親父に送られて家を出る。駅頭には誰から伝え聞いたのか十人ぐらいの旧知がよっていた。

校長がいる。例のおいぼれ少将が側に歩みよってきた。一輝は冷やかに、しかし、端正に、挙手をした。

「いやいや——。俺にも恩賜の時計ば一度拝ませんかい」

一輝は内ポケットから取り出した。時計が回覧されている。時計を取り出す折にチカがくれたお守りの紙袋が舞い落ちたのを誰も知らなかった。どこの物蔭にかくれていたのか、少女が走りよってきた。チカのお札を拾っている。

「落し召したばんも」

拾って差し出す。頬が真赤に染まったが、

「それから、あの——。このお守りは、母から」

小さな状袋を差し出した。

「有難う」

丹野一輝は威儀正しく受取って、十五度の礼をした。一斉に好奇な眸《ひとみ》がよっている。返された時計と一緒に内ポケットにねじこむのである。

ホームに入る。夕ぐれかけている。列車に乗り込むと万歳の声が二度上った。列車は緩慢に動きはじめたが、少女の手がひらひらと木柵の側で揺れているのが、よくわかった。

暗い列車である。席はあいた。腰をおろして窓をかすめる夕闇の擦過にまかせる。兇悪な感傷にひたっていると、人の顔がどれもこれも無意味に呆け果てた木偶《でく》に見えた。

物入を探って、先ほど少女が差し出したお守りと、チカのお守りと、恩賜の時計を手にとってみる。

少女の分は封筒をキッチリと二つに折って糊がつけてある。表には「祈武運長久」と少女自身の文字であろう。

遮光幕のおろされた暗い燈下で封を切る。案の条一枚の紙片が入っている。妙な気持だった。人の崇敬をあつめる。――悪くない。しかし、直にその情愛を嘲弄したい突破心にかられるのである。

戦争にお発《た》ちになる日のお守りを二つだけあつめてきました。御無事でお帰りになることを神かけて祈っております。不躾《ぶしつけ》をかえりみず……
田鶴江
丹野一輝様

「不躾をかえりみず」の下に無用に長く点線が延ばされていた。不正確な文字だ。これが女の情熱というものだ。――大小不揃いの二つのお守札が入っている御嶽神社御札。三柱神社御札。お札の包み紙をむしり破って正体をたしかめる。薄い木片に焼印――。チカがくれたお守りの方も糊付を剝いで破いてみた。もう一重、紙の包みにくるまれている。開いてみる。何も無い。いや、何だ――これは？

一本の漆黒の毛のようだ。陰毛だ。ぞっと汚水を浴びたように青ざめた。

誰も、見ていない。

丹野一輝の誇り高い半生に、この時ほどみじめな汚辱を感じたことは一度もなかった。何かしら生涯に、不吉な、溷濁《こんだく》した、現世の澱《よど》みのような影がまつわりついた。

彼は田鶴江とチカの紙片とお札を、重ねて粉粉に裂いていって、それを車窓の闇に散らばすのである。

十二

陸士五十〇期生。この不運な最後の士官候補生達の身の上を知るものは案外に少ないだろう。彼等は候補生のまま、さらに満洲で現地教育を受けるために、いたるところ荒廃に瀕しかかった日本を後にした。六月の末である。裏日本のＳ港からだった。

見送りも何もない。が、彼等は二隻の汽船に分乗して、デッキに立ち並びながら、際限もなく手をふった。

海浜の一軒家の庭先から、貧寒の少女がたった一人だけいつまでも手を振って応えていた。

「おい貴様達、泣け。泣いていいぞ」

と簡が例の通り放胆に声を挙げて、自分でも泣いていた。

丹野は固く唇を閉じ、デッキの手摺《すり》に凭れている。一本の陰毛の護符のために、泣く馬鹿があるものか――意味のない身勝手な論理と嘲笑が湧くのである。波止場が細い一条の線に見えるまで遠ざかった。

突然けたたましく汽笛が鳴った。

「空襲——全員退避」

上わずった輸送指揮官の声が挙がる。どこに退避をせよと言うのだろう。指揮官の方が動顚《どうてん》して、甲板を走り騒ぐだけである。

「モトーイ。軽機と騎銃の所持者は、全員前甲板に集合」

輸送中の軽機一、騎銃十だけだった。丹野は船室の方に駆け降りた。騎銃を執る。タラップを駆け上った。

爆音が聞えている。いや、見える。艦載機だ。編隊を崩しはじめて、いちいち降下に移っている。

船首を大転換するようである。ぐらりとかしぐ。

「おい、やれる喃」

簡だった。騎銃を手にして、丹野を見てにっこりと先ず笑った。

「タマコメー」と声が上っている。しかし姿は見えない。

「地形地物を利用して、各個に撃て——」

丹野と簡は救命ボートの蔭に走っていった。間隔は三米と離れていない。轟々と爆音が空と海を圧している。船は超スピードをあげてジッグザッグのコースをとっている。そのたびかしぐ。

ドキドキと胸が鳴った。が、シーンと冷えてくる。興奮と鎮静とが交錯した異様な瞬間だった。口ばかり渇《かわ》き切っている。

キーンと狂ったような爆音が降りてきた。引鉄《ひきがね》を引く。耳に鳴る。軽機の発射音も続いている。

たちまち眼の前に巨大な火柱が立った。動揺から弾き上げられる。

グワンと鼓膜が大木でなぐりとばされたようだ。

が、箇は膝撃ちの構えを崩さない。それをたしかめる。次つぎと降下して来る。撃つ。水柱が立っている。

グワンともう一つしたたかに身にこたえた。が、異状はない。前甲板の軽機の発射音が頓挫した。やたらに撃つ。狙う。

機銃掃射がはじまった。ババババーンと鉄板をぶち抜く音が擦過する。そのまま魔鳥のように翔《と》び去った。

次つぎと来る。狙撃をやめる。興奮から視覚がくらんだ。ただ一本の陰毛の幻覚に縋《すが》るのである。

「箇候補生。箇候補生。しっかりせい」

と大声が挙がった。ふりかえる。いつの間に倒れたのか箇が両足を投げだして海老《えび》のように腹を曲げ、抱えられている。

また一機、バババーンと掃射した。丹野はボートの蔭を箇の方に匍匐《ほふく》する。いつのまにか五米の余を離れている。

「おい、どうした」

答えない。白眼をじっとあけて、いぶかしそうに丹野の顔を見つめていた。

担架がはこばれる。箇は連れ去られた。それを、虚脱したように見送るだけである。艦載機は遠ざかった。爆音ばかりブルブルと尾を曳いている。

指揮官が甲板をよろめきながら走ってきた。

「おーいO型はおらんか？　O型は？」

大声を挙げてわめいている。いつ衛生兵に変ったのだ。

「貴様は何だ？　丹野候補生」

「ハッ。AB」

喉がかすれた。もう一隻の輸送船が随分離れてしまっている。二隻とも沈没を免がれた。しかし、航行困難におち入っているようだった。

点呼である。全員整列をさせられた。戦死三名。重傷二名。軽傷五名。船は曳航《えいこう》されて出発の港に戻るらしい。

夕暮まで待った。丹野は一人黙って水筒の水を飲みほすのである。箇は間もなく絶命した。これで、戦死四名になったらしい。曳船が一隻やってきた。夕靄《ゆうもや》の中を、船はよろめきながら曳かれてゆく。

夜道を二里ばかり歩かせられた。山腹の国民学校の教場を三つあけて、分宿する。飯盒炊爨《はんごうすいさん》。銃の分解掃除。

「丹野候補生指揮を取って、山上で軍歌演習」

指揮官は言い残して山を下った。

丹野は凜然《りんぜん》と声を放った。しかし候補生達の軍歌は意気揚らなかった。丹野は胸をそらし闇を見つめて大声を挙げつづけたが、闇の中に一本の陰毛がしつこく蠢動《しゅんどう》を繰り返した。

十三

出発の日取りの決らない、だらだらとした山上の生活は多少とも候補生達を匪《ひ》軍化(11)した。

——丹野は早く戦場に急ぎたかった。指揮したかった。——それともここから脱走。

しかし、十二日目に、突然出発が命令された。夕暮れ近く回航された汽船一隻に全員乗船。

出帆の感傷は誰にも湧かなかった。船上の恐怖にとらえられていたのだろう。

この候補生達の不運は言語に絶していた。ようやくスクリューが快調になったと思った頃、ドカーンと物凄い轟音と震動が来た。

「全員、兵器を持って甲板に集合——」

魚雷の襲撃を受けたようだった。見る見る船は傾きかけた。

「軍装のまま、泳げ——」

まだ暮れ切っていないのが仕合わせだった。全員潮の中におどりこんだ。波は静かで最寄りの半島の突角まではわずかだったが、この時、三名が溺死している。

実は、船は全速力をあげ坐礁して、沈没を免がれた。が、一概に指揮官の無能とばかりは言えないだろう。沈んだかも、知れないのだ。丹野は指揮官の命にもかかわらず、上衣を潮の中に脱ぎ棄てた。背嚢は船の中に置いたままだった。悠々と泳ぎ渡って汀《なぎさ》の砂を踏むのである。

船から救命ボートが降ろされた。このボートで確実に二十名が潮の中から救い出されている。皆、軍服と背嚢を装着したままだった。

暮れ終っていた。指揮官は死体の処置、本省への連絡等で右往左往していた。

残された年少の候補生らは急速に敗残兵の様相を呈しはじめ、岩の間に枯木を寄せ、めいめい焚火を囲んで暖をとった。やがて狂躁的にしゃべり散らす者、泣き出す者が現われた。

画一の、必勝の信念がぐらついたのは当然のことである。いや、集約され、統率され、鼓吹されて来た彼等の律動正しい歩調を阻《はば》むおそろしい何物かの力が現にあるという動揺――命さえ君国に捧げれば神州不敗だと訓育された――その命をほふっても、もしかすると防ぎとめ得ないのではないかという現前の暴威に対する卑小感。

それを明瞭に敵の力だとは自覚しない。運命の力だというふうに戦慄する――当時を回顧した五十〇期生はその時の気持を口々にこのように語っている。

丹野一輝は蒼ざめたまま唇を噛んでいた。恥かしかった。日本の戦力というものが一切合財、凡庸な指揮系統によごされてしまって、疾風のような誇らかな陣頭の指揮者を待つ一軍団、いや一コ分隊ですら残っていない――。

自分のこの誇りをどうする。この悶々《もんもん》の生命、この耐えきれぬほどの激情をどこに集中し、どこに爆発させる。

おそらく革命軍が到来するだろう。日本の軍隊に精鋭な反乱軍が狼火《のろし》を挙げ、日本全土の凡俗を殺誅《さっちゅう》し、席巻するだろう。そうだ、その日のために脱出を企図しておかねばならない。

彼はもう一切の戦友の前に口を緘《かん》した。黙々と配られた潮びたしの乾麵麭《かんぱん》を齧《かじ》るだけである。

十四

この候補生達の不仕合せな行先々をたどるなら、何冊の本にしても足りないだろう。彼等はとにもかくにも羅津に上陸させられた。それから四平街に抜けた。それから奉天の近郊を彷徨した。教育もなければ、戦闘もない。いや、何のための渡満であったか、迎えた方も行った方も知らなかった。

ソ連参戦の気配である。関東軍は浮足立っていた。毎日のように当てもなく移動させられる。候補生らは土民と物交で飴玉を舐《な》め、饅頭《まんじゆう》を齧《かじ》っていた。

丹野一輝はよく耐えた。脱走と死の誘惑からだ。

やがて軍の上層部は朝鮮の国境に向って雪崩を打ちはじめた。この候補生らに朝鮮行の貨車が優先的に差し向けられたのは、不思議である。

敗戦。

十五

恩賜時計の受領者。抜群の才幹をもってあるいは将軍になったであろう、わが最後の士官候補生は、十一月十七日の薄ら寒い風の日に毛布一枚を手に抱えて、鍛冶屋町の自宅の二階に帰りついた。

弱い明りが、チロチロと矩形の窓から洩れこんでいた。

汚染の壁が相変らずあてのない巨大な夢を宿していた。長押の上に数々の賞状が額にはさまれ、並べられていた。危うく嗚咽《おえつ》に誘われる。抽出をあける。錐を取る。太腿に刺すのである。そうだ、これからが俺の独自な人生だ。軍刀は見当らなかった。が、気をつけて見ると抽出の奥に綿にくるんだまま、拳銃が残っていた。あわてて抽出を閉じるのである。

「ゆっくり、憩《よこ》えや」

梶太が言っていた。父の声にむらむらとした敵意を感じるがようやくそれに耐える。柔和なこの父と、陰毛の主は、二階の憑かれたような敗残の元帥を畏怖しているのである。

十六

十日の間、寝て過ごした。一歩も出ない。新聞を隅から隅まで読み耽る。

「阿母《おつか》さん。明日から炭坑に入ります」

義母が仰天するのである。

「炭坑にのも？　貴方様のごたる（ような）学者がや？」

が、屈しなかった。誰にも会いたくない。地殻を爆破して掘り進んで行きたかった。

折から採炭夫を大々的に募集していた。未経験者も可と新聞紙上に見えている。採用は簡単だった。試験などということは何も無い。

「お名前は？」

おと接頭詞をつけたのが、自分の薄弱な筋骨に対する侮辱のようだった。

「丹野一輝」

「前歴は？」

「兵隊」

「階級です？」

「兵長」

「召集のですか？」

「下士候補」

しきりに肯いている。

「が初めが辛いですぞ。あんたのような方は、坑外をやったらどうですかな。正直な話」

「いや、坑内を希望します」

「まあ、坑内の方が日給は張りますからな。能率給ですよ。でも、まあ、八、九十円にはなりましょう。先山ですな。じゃ明日からでも」

螢のように帽子の正面にキャップ燈《ランプ》をつけ、新米ばかり勢揃いして坑内におろされる。坑道は広かったり、狭かったりした。まま匐《は》ってくぐるようなところもある。ポタポタと水滴が垂れていた。

なるほど、地獄の修羅場だ。鑿岩機《さくがんき》を石炭の中に挿しこむのに、その震動で投げ出されるようだった。

裸である。汗がしたたる。褌《ふんどし》一貫。鑿岩機の穴にマイトが何本も挿入され、火繩がつけられ、線香で点火されて、それから逃げる。マイトの爆発がしばらく地軸に震うのである。

その石炭をすくってトロに入れるのが当面の仕事だった。

炭塵をかぶり、よろけるようにして坑外に上ってくる。共同浴場があるが、一輝は滅多に入らなかった。顔だけブルブルと素速く洗って帰るならわしだ。それでも馴れた。いつかはこの天地を爆破して見せる——。我らの元帥は、毎日黙々と炭塵を浴び、黙々と電車に揺られて帰ってきた。

ある日の夕のことである。

「丹野さん」

出札口を出しなに思いがけない女の声をかけられた。田鶴江である。感傷の声だった。払い棄てたいほどの屈辱を感じるのである。

「まあ——、炭を一杯かぶって」

「俺は、炭坑夫だ」

言い残して歩き過ぎようとするが、どこまでもついて来るようだった。

「貴方様が帰り召したと聞いて、毎日待っておりました」

「どうして？」

田鶴江が泣き出しそうな顔になった。

「でも、炭坑なんかにどうして入り召した？」

「好きだよ、俺は。ああいうところが」

「やめ召せ。やめてくれ召せ。えすかー（怖い）せっかく生きて帰って召したつに——」

「あなたのために、生きて帰ってきたわけではないですよ」

田鶴江の銘仙の裾がひるがえるのを眺めながら、言葉だけゆっくりと馬鹿丁寧に改める。

「どうして、そう意地悪ばっかり言い召す」

「意地悪？」

「ええ、ええ。意地悪でしょう。もう日本は敗けましたツよ。心だけでも大切にしてくれ召さんなら——」

「ふん。じゃ、どうすればいいかな？」

「陛下の時計を拝領し召すような方が――」

「坑夫になっちゃいかんかな?」

「いいえ、私達に訊《き》き召すことは無いでしょう。御自分の大事さを――私達に教えてくれ召さん?」

人の群が流れてきた。少しく避け、田鶴江が静かに寄り添うて来るのである。

「つまり、どういうことかなあ。俺は爆破したいんだ。この世界を。俺の流儀で」

次第に例の激昂が戻ってきた。蒼ざめてしばらく顫える。

「それとも、貴様を好きだと言えばいいんかなあ――。好きです。尊敬しています。潟すべりの時も、今も」

田鶴江は黙った。黙って自分の行先を見つめて歩いた。涙が湧いている。その涙を揉み消すように自分の声を励まして、

「父と一度会うてくれ召さん?」

「お父さんと?」

「はい」

「どうして?」

「何かのお力になれるかも知れません」

「力？　俺は人の力は一切要らん」

濠の水がにぶく照っていた。柳の糸が枯れた裸の姿でしだれていた。

「もっと優しゅう、なれ召さん？」

「だれに？　あなたにですか？」

「いいえ御自分の心にです」

元帥は駆け出したくなった。それとも思い切り破廉恥《はれんち》な方法でこの少女を侮辱するか——。

ようやくポケットの時計をさぐって己の空虚に耐えるのである。

それから例の馬鹿丁寧な口調にかえった。

「あなたは自分を改善する勇気がおありのようです。私にはありません。それだけではない、あなたは、人を改善するだけの愛情もおありのようだ。私は人を改善するどころではない。人を改悪するだけの愛情もないのです」

「わかりませんわ。あなたの言い召す事」

「ふん。いや、自分にもわからないのです」

言葉はと切れた。しかし自分の足が思いがけず家と反対の方向に向っていることに元帥は気がついた。何のためだ。そうだこの少女を侮辱するためにだ、と丹野は自分で思い違った。

——実は、息づいているこの世の側に引き戻されたかったのだ。

掘割の冬枯れの水の上に蓮の枯幹が幽鬼のようにいくつもいくつも続いていた。時折さざなみたっている。水面だけを低く風が走っているのかも知れなかった。

ようやく、暮れ切ったようだった。

「丹野さん。私のうち知っとり召す?」

「いや、知らん」

「名前は?」

黙ったままだったが、もちろん丹野は知らなかった。黙って闇をみつめて歩く。

「ふふふふ」と少女は笑い出している。しかしそれがいつか、嗚咽に変っていることに気がついた。

「じゃ、さよなら」

丹野は突然立ちどまった。

「ええ」と田鶴江もしゃくりあげながら肯いて、

「さよなら、貴方様」

闇の中をそろそろと遠ざかった。

星が見えなかった。闇に額をでもつきそうな暗さだった。

すると、こんな闇の中でわめいて歌っていたのは——そうだった。S港からほど近い山の上だった。

ふいに、闇の中に一本の漆黒の陰毛が揺れ動いてくるのである。

「おーい」

と呼んだ。息をはずませて少女の歩み去った方向に歩いてみた。が、ほんのすぐそこの柳の根株のところに立っていた。まだ嗚咽しているようだった。丹野はとらえた。

がむしゃらに髪から肩を掴み取るのである。接吻する。炭塵をなすりつけるようだった。口もとがビショビショに濡れていた。

「貴様も炭坑に這入りたいのか?」

「地軸にマイトをかけたいのか?」

少女は答えない。むせび泣いているだけだ。もう一度ビショビショのその口もとにふれて、それから少女を放りだしてまた闇の中に駆けだした。元帥の眼には、他愛なく壊滅する一軍団に見えた。

一本の陰毛はまだ眼の先の闇の中に揺れている。

十七

丹野一輝は黙々として地下の坑内に働いた。彼が陸士の時以来変ったことと言えばたった一度の女の唇と、猛烈な喫煙であった。世界進攻の野望は消えていない。鑿岩機の能率的な駆使。沈着なマイトの充塡《じゅうてん》。その大胆な点火。彼の頭脳の中には世界中に掘りめぐらせられる彼の坑道の図式と幻影がひしめいた。

「おい、時計の大将」

と呼ばれたが、彼こそ地下の元帥であった。その寡黙《かもく》と威儀の正しさを坑夫達ははじめこそ笑い、後におそれた。恩賜時計の一件が坑外の事務所に働く中学の頃の上級生から洩れたのだ。坑夫達はその恩賜の時計を奪い合って眺め、まったく素朴に驚嘆した。

「大将になる男がなあ——。惜しいこつになあ」

鑿岩機を持って掘進する丹野の後ろ姿を、しかし採炭夫達は英雄に見た。

こうして半年後には彼は最も有能な採炭夫であった。

十八

昭和二十一二年は日本中の誰もが多少とも例の俄《にわ》か闇商人になった時期である。資金封鎖が実行された後頃からは地下の坑道の中にまでこの奇妙な風潮は浸潤していった。採炭夫達は一月を三十日とは働かない。大抵二十日だ。残りの十日は酒をのみ、賭博《とばく》に耽《ふけ》り、または例の奇妙な一攫《いっかく》千金を夢見る俄かブローカーの真似事をやっていた。大抵は根も葉もない商品の幻影だけである。しかし軍需物資の思いがけない盗品が、これらの地下生活者達の手をすべってゆくことがある。

そんな時に、しばしば丹野は資金の一部を借りられた。

「おい大将。ええ仕事があるたい。少し貸してくれんかい？」

田鶴江を何となく避けて大牟田《おおむた》の郊外に間借りしている彼の汚い三畳に、焼酎《しょうちゅう》をブラ下げて上りこんでくる坑夫達が、よくこう言った。

彼は親父やチカから融通のできる範囲内では借りてきてやった。坑夫達はその返済に対して例外なく几帳面であり、しばしば謝礼の酒までを提げてきた。酒と金は親父の方に返すのである。

丹野一輝がこの隠退蔵物資の奇妙な取引の野望に取りつかれた一時期のことを語るなら、読者は笑うであろうか。

十九

しかり——、彼は闇ブローカーとして狂奔した。それにもかかわらず、彼が決して採炭夫をやめなかったのは奇妙なことである。炭塵をかぶるのはこの元帥のミソギであった。少くも月の内、十五日か二十日間は地下の轟々たる爆破の音に呑まれながら、地下帝国版図拡大の幻影にとりつかれるのである。

地上にある時には彼は疾風のように駆けめぐった。

彼の汚れ果てた小さい軍隊手帳には、白搾油とか、マンガンとか、軍衣袴とか、タールとか、ガソリンとか、モビールとか、綿糸とか、地下足袋とか、毛布とか、海底電線、エナメル線、タイヤー、金塊、毛糸、麻袋、アルコール、ペニシリン、ライター石、拳銃、ダイナマイト、苛性ソーダ、木蠟、松根油、等々……際限もない商品の名前の価格が記入されていった。彼は重油の闇流しを港外の漁船に積みだした。荒くれ採炭夫達が彼の司令に従うのである。

「おい、八時だ」

岸壁の上で彼が待ち合わせ時間を恩賜の時計の上に懐中電燈の明りで照らし出すと、何となく神秘の威力が湧き出した。この元帥の機敏で豪胆な搬送は、移動に関する限りはいつも成功した。しかし取り引価格の駆引に至ってはまったくなっていなかった。彼の誇り高い取引はこぎることを許さない。また負ける事を許さない。まったく利潤のない取引を、彼はしばしば命がけで実行した。

金塊の時がそうである。佐世保の密貿易業者が、金の延棒を買付けたがっていた。それが川《せん》内《だい》にあることを丹野一輝は取引仲間から聞き知った。

「が、危かぞ——。俺は行かん。手数料は5％だけ含んどいてくれ。大将がついでに持ってきてくれればよかたい」

とその男は言っていた。丹野一輝はピストルを携行して、密貿易業者と川内まで強行した。彼我百万円の取引である。密貿易業者は小切手を持っていた。

金塊の現物はあった。しかし先方は五六人の無頼漢風を寄せていた。金の品質が試験された。合格のようである。

ただし小切手では受け取らないと言っている。密貿易業者は、それでは銀行で現物と現金とを交換しようと提案した。先方は承知しない。金塊の所持は危険であるというのである。自分の家以外の取引は承知しない。丹野は顫える業者と連れ立って、宝島銀行から百万円の紙幣を搬送した。取引は成功した。ただし丹野の手数料は10%から5%に引き下げられた。眉一つ動かさない。冷然として応ずるのである。

業者が拝むから、金塊と一緒に佐世保まで同行してやった。

「まあ少かが、五万円なら、濡れ手に粟《あわ》でしょうもん」

黙って大牟田に引き返す。その五万円を約束の男の前に放り出した。

「よかですか、大将。よかですか?」

男は相好を崩して、嬉しがり、取引の模様をこまかに聞きたがった。元帥は黙して、答えない。一個軍団壊滅——。この凱旋将軍の昂然とたち去ってゆく後姿を眺めながら、

「太《ふて》い事《こつ》、取って来たばいな、あの男は」

五万円受領者が、その女房にうらやましそうにつぶやいた。元帥は相変らず炭塵を浴びて地下帝国の進攻作戦に熱中しているのである——。

二十

人生には無意味な重複が一度はある——。

梅雨の晴れ間のある日のことである。五万円受領者が、元帥に心服したものかまた駆けつけた。

「大将。木蠟が八女の製紙工場に二三千斤ばかりあるちいうが——。俺が今から現物の方を当ってくるから、大将、買手の方を頼むぞ。柳河の山本とか言う石鹼業者が買い漁《あさ》っとるげな。値さえ合えば、梅雨がもう明けるから物になる。やっぱり買手の方は地元の大将にやってもらうが信用があるじゃろう。斤の三百五十円と今のところね言い値たい」

丹野一輝は言われるままに柳河に帰ってみた。山本という石鹼業者はすぐわかった。親父やチカまでその噂を知っている転廃業の醸造家だが、アミノ酸醬油と、水石鹼でこの頃巨万の富を積んだらしい。工場と邸が別になっていると言う。多分工場内の事務所の中に山本の当主が居るだろうと、噂を聞いて、その翌くる朝家を出た。巨大な醸造工場のようだった。敗戦物資が乱雑に取り散らされている。戦時中は軍需工場にでもなっていたようだった。受付に刺を通じた。すぐ通された。

ガラス張りの事務所である。粗末な木製椅子に腰をおろしていると、工場の方から、眼鏡をずり上げながら、名刺を深くのぞきこみ、事務所の中に入ってきた。

丹野は立ち上る。毅然たる、十五度の陸士礼式に移るのである。

「ああ、どうぞ、どうぞ」

老人は気さくに片手を伸ばしながら、椅子を差し示した。自分でも掛けてはまた名刺をのぞきこんでいる。一二度うなずいて、それからじっと丹野の顔を見つめている。

「ほう、ようこそ——」

老人の顔は屈託が無いようだった。さりとて軽率でもなく、何か人生の滋味といったふうなものがにじみだし絶えず相手の心に、心の手を差し伸べてゆくふうだった。

丹野はあわてた。その手を一刀のもとに絶ち切りたい焦燥にかられるのである。絶ち切らねば一歩も前進ができにくい。

「福島地区に、木蠟がありますが。量目は、二三千斤」

いつのまにか直属の上官に対する軍隊用語になっていることに、この元士官候補生は気付かなかった。

「ああ、そうですか、そうですか」

「搬入いたしますか？」

「どうぞ、どうぞ」

「斤の……」

と価格を口にしかけたが、そんなことを口にするのが馬鹿馬鹿しくなってきた。ひたすら緊張して、相手の顔を見まもった。

「御覧の通り、俄かに転換した工場で、大豆やサナギや鰮《いわし》の類を塩酸処理して醤油を作っておりますが、私も経験が無く、自信も何もありません」

「ハア」

「水石鹸なんかと、それはインチキなものですよ。希望も楽しみも無い。しばらくの身すぎです。が、今度、ここの海産物の燻製《くんせい》や、ベーコン、ハムの類を思い立ちました。そうそう、試作をお目にかけるかな」

老人はパタンと金櫃《かなびつ》を開いて、牡蠣《かき》の燻製のようなものを盆ごと取り出したが、

「さあ、おつまみなさい」

丹野がその短い生涯にこの時ほど惑乱したことはない。それでも、つまみ、舌にまろめ、嚙みも何もせずにグッと丸薬のように嚥下《えんか》した。

「どうですか？　これをオリーブ油の中につけて、罐詰にしたいですな」

「ハア」

丹野は化石した。この見覚えのない老人の思想と幸福を、木端微塵《こっぱみじん》に撃砕しなければ、といらだたしい激昂にかられるのである。

「さあ、ちょっと家に行ってお話ししましょうか」

元帥は立ち去りたかった。しかし否応のないことである。老人は先に立ってヒョイヒョイと工場の庭を抜け、田圃を少し越えると、木深い一軒家があった。別荘のようだった。かなり広く、老人は庭石を伝いながら、直接、新築の茶室風の離れに、無雑作に縁から上りこんだ。そこだけが新しく造り添えられた模様である。

「おーい。ツルー。丹野さんがお見えになったよ、丹野さん」

知ってでもいるふうに例の気さくな声を挙げる。

「ハーイ」

と遠くから、若い女の声が聞えていた。

「これは貰い物ですよ。いかがです」

舶来の煙草をすすめている。勿論丹野は、軍服のポケットをガサつかせながら、配給の金鵄《きんし》を手にとった。

茶を盆にし、頬を染めて出てきたのは思いもよらず田鶴江であった。元帥は真蒼になる。指先がこまかに顫えた。この老人、この娘と即刻刺し違えてしまいたいはげしい衝動に駆られるのである。

「丹野さんがね。工場に木蠟を運んで来て下さるそうだ」

「まあ――。どうして、のも？」

「梅雨明けで、これは大助かりだな」

老人は愉快そうに笑っていたが、

「何故炭坑などに入っていらっしゃる？」

「お父様。丹野さんは世界爆破を、なさり召すって？」

丹野が黙ったのを、横から田鶴江がこう言った。父子で、しばらくそこばかり虹を立てるように美しく笑い合っていたが丹野の蒼ざめた唇に気が付くと、

「でも、もう、丹野さん。戦争は済んだのだから一つ愉快に生きましょうか。私もね、今度の戦争で長男と家内を亡くしました」

丹野はやたらに茶を啜《すす》った。血潮が逆流するようだった。

「じゃ、失礼します」

と立ち上りかけた。

「いいじゃ、ないですか？　実はあなたのような方にいろいろ伺って見たいことがあるのですよ。ツル。御飯を用意しなさいね。お酒と――」

我らの元帥が人の饗応にあずかったのは生涯にはじめてのことだった。彼は例の高貴な悶々と、野鄙《やひ》な悶々との交錯した奇妙な火花を絶えず心の中に散らしながら、それでもグイグイと飲んでいった。

洒脱《しやだつ》な老人は至極この青年が気に入ったようだった。その傲慢も、その狂気も、その沈鬱も、その単純も気に入った。足りないところが一つある。それは女の力で埋められることだと妄想した。人生の辛酸を経たわけ知りの老人は、滅多に人を見あやまらないが、元帥の不吉な争闘心を、自分の願望に余りに似せ過ぎる。

「この青年は、威力を持っている――。生得の、野鄙な、しかし絶えず爆発しつづける威力を――」そいつを自分の思惑の中に集中させてみたかった――。

「そうそう。木蠟のお金を上げておこう。買いつけて来て下さいな」

「いや、あの話は何もあてになるものではありません」

丹野は無愛想にこう言った。

しかし老人は立ち上って、茶簞笥《ちやだんす》の袋戸棚を無雑作に開けていたが、大きな新聞包みを取り出してくると、

「じゃ、取りあえず二十万。いけなかったら、やめてきていただけばそれでいい」

丹野は実はその紙幣を奪い取って韋駄天《いだてん》のように駆けだしてみたかった。紙幣というものが持っている爆破力こそ元帥に残された現世の砲弾の類似品ではないか。が、酔った蒼ざめた眼で空間をしばらく放視した後に、

「その時は、また来ます」

縁先から、よろめく足に短靴をつけるのである。

二十一

我らの元帥の胸に燃えた最後の心理的葛藤を細述することはむずかしい。闇ブローカーを開始以来、ほとんど塩を舐め、粥《かゆ》を啜《すす》るようにして蓄積した二万六千七百円の紙幣を、下宿の押入の蒲団の下からつかみ出すとポケットにねじこんで、海辺の方に抜けていった。

レームの上を毛髪を吹きちぎらせるようにして歩み、ポケットの紙幣を手に握った。時化《しけ》模様のようだった。舟は一隻も出ていなかった。元帥はその紙幣を風にハタメかせながら細かにひきちぎる。バラバラと波の上に撒いていった。

汚れた波濤が、その細分された紙片を面白いくらいに翻弄《ほんろう》した。反転する波は激していって、突堤の横腹にブチ当る。真白な飛沫を上げて、元帥の頭上に降りかかった。

梅雨雲の蔽う海は、海面の靄《もや》の集団がいくつにも裂け、その裂け目に、夏の陽が霧を帯びて五彩の光の浸潤を見せるのである。木蠟の例のブローカーには冷やかに、

「先方に買気無し」とそう言った。

再び地下にくぐり、鑿岩機を唸らせて、猛烈に炭塵を浴びた。

二十二

ここにまた元帥の身の上に一変化がおこる。山本家から丹野一輝の入婿《いりむこ》を懇請されたのだ。工場長がやってきてこの縁談が話しはじめられた時には、梶太もチカもうわずった。

とにもかくにも、即刻、一輝にあてて電報が打たれた。

元帥が帰ってきた。一部始終が語られる。元帥は屹《きつ》となって、例の燃ゆる眼を天井の一角に放ったまま、両親には何も答えなかった。それからノシノシと二階の部屋に上っていった。

ムシレた畳の上に立ったままだ。相変らず矩形の小窓から薄ぼんやりとした明りが洩れていた。壁の汚染が、そのまま丹野の心を占めている偉大な帝国の消えかかった版図を示す地図のようだった。

唇を嚙みしめている。重大な侮辱に耐えている表情だ。

「よし、戦う」

と元帥は声を挙げる。抽出の拳銃を手にとってしばらくぶるぶる顫えているのである。

工場長は三日をあけずにまたやってきた。

「当分、炭坑の方はやめられない。しかしいつでもよろしいということだったら、入婿の件も承諾しよう」

丹野は将軍らしく階上に居据ったまま、陰毛の義母に、ゆっくりと区切って、伝言の言葉を復誦させていった。

先方からはまた折返し、いつでも良いことだからと言ってきた。が、家に時々遊びに来るように——。

元帥も先方に答えてやった。炭坑に時々遊びに来るように——。

二十三

田鶴江は本当に炭坑の事務所にやってきた。坑内に呼び出しの電話がかかり、いぶかりながら坑道から匐《は》いだしてきた元帥のまぶしい眼に、この悪びれぬ少女の姿ほど不思議に見えたものはない。

「どうして来た?」

「どうしてって、来いと言い召したでしょう」

炭塵を浴びた元帥は、しばらく言葉を失ったが、ようやく、

「地の底さ。ここじゃ、ない」

叱咤《しった》するようだった。

「ええ」と田鶴江は低く、肯いた。

丹野一輝は黙ったまま出ていったが薄汚れた一揃いの坑夫の作業衣をつかんでくると、

「じゃ、着換えたらいい」

少女は素直に肯いた。ちょっと辺りを見廻してから、すぐ着換えた。

我らの元帥の単純な心理の機構をここで見るがよい。彼は田鶴江の手をしっかりと握りしめて、坑道の、水滴のしたたる暗い道をどんどんと降りていった。

広くなったり狭くなったりした。絶えず地下の熱風が吹き上げている。崩れやすい土と岩の壁に田鶴江を押えつけてたびたび粗暴な接吻を繰りかえした。しかしそれは、素朴な肉の愛情に満ちたものだった。

まったく、ここは元帥の帝国の首都だった。彼は誇り高く頭を上げて、鑿岩機の錐をブルブル廻転させながら、炭層の肌をぶち抜いていった。マイトをかけ、爆破した。黒光りする石炭の破片が、戦場の屍のように累々と横たわっていった。

丹野は田鶴江を三畳の穢《きたな》い下宿に連れこんだ。田鶴江は疲れ切っていた。坑内の昂奮が醒《さ》め

きらず、田鶴江の唇から、肌をさぐっていった。拙劣だった——しかし、はじめて、元帥とその許婚者は肉の充足を果すのである。

「でもね、丹野さん。家の方に来てくれ召さん？　お家の方に」

「家？」

「はい。家でお父さんが、首を長うして待っております」

丹野はガバとはね起きて、部屋を出ていった。どこへ行ったかわからない。田鶴江の帰るのも見送らなかった。

二十四

これから物語る惨劇が、一体元帥のどういう心理的経過をたどって行われたものか、読者は勝手に推測するがよい。

元帥は、彼の地下帝国で狂気のように奮闘した。さながら世界中を掘り進むようだった。しかしまたしばしば、傷つき悶えた獅子のような顔をして田鶴江の家の周辺を彷徨した。

ある日のことである。下宿に宛てて珍しく田鶴江からの電報が来た。

アスユクハナシアリオマチコウ」ツル

丹野はその電報をくりかえし眺めこんで坐っていたが、

「よし」

と大きくうめいて立ち上った。敵陣営を眺め渡す将軍のようだった。その足で、元帥は一度柳河に帰った形跡がある。田鶴江の家のまわりをうろついていて、何か小さな風呂敷のようなものを篠竹の藪の中にかくしていた。それからすぐ自分の宿に引きかえした。

翌日は、端然と机の前に坐りながら、終日恩賜の時計の秒針がコチコチと動いてゆくのを眺めこんでいた。

田鶴江が来た。昼を大分廻った頃である。蒼ざめてひどく憔悴しているようだった。ときどき嘔吐に誘われそうになるのを、元帥にはかくしている。それでも部屋を見廻して嬉しそうだった。机の恩賜の時計を手にとって、息をかけては、ガラスの曇りを拭ってみたりした。元帥は相変らず悶々の憂愁と激情に耐えきれないような顔だった。しかし、声は思いがけず優しく、

「しばらく来なかったね？　どうしていた？　お父さんは？」

おや、この人はお父さんのことなど初めて言った、と田鶴江は嬉しく、元帥のガムシャラな抱擁の中に唇をさしのべた。

「お父さんが、私達にしばらくこちらで家ば持てって……」

「家？　家？　家なぞどこでもいい。どこでも、帰る」

「まあ――。帰ってくれ召す？　柳河に、のも？」

元帥は一つ二つ肯いてみせた。しかしその熱っぽい眼差しはどこか途方もない空漠の彼岸に見開いているようで、田鶴江は見上げてしばらく竦《すく》むのである。

「今夜、ここにとまってゆくだろう?」

「いいえ、おとまりはできません」

「とまれ。とまったら送ってゆく」

「とても……おとまりだけは……」

このとき、元帥の眼の中に、一瞬、絶望的な殺伐の意志がひらめいた。田鶴江は自分の愛撫を要求しているのだと、思い違った。そっと顔をあげて元帥の唇を、自分の唇で埋めていった。

二十五

すると元帥は谷底に小羊を見つけた獅子のように飢えた。

まだ暮れきっていなかった。田鶴江は自分ではためらったが、元帥の意志には抗《あらが》えなかった。愛撫になる。苦しい、狂気じみた官能の昂奮にもてあそばれる。元帥はまるで別人のように末梢の刺戟に狂奔した。

田鶴江は八時に立ち上った。眼先がちらつきよろめくほどだった。髪の毛を指先でととのえるようにして、さよならだけを言って、

「じゃ、明日、ぜひ来てくれ召せ——」

そのまま出た。

二十六

元帥は素速く起き直った。恩賜時計を何のためにかかっきり一時間すすませた。追う。

田鶴江が二三丁歩いたところでようやく元帥は追いついた。

「家まで送っていってあげる。でも今晩はもうお父さんにはお目にかからんぞ。鍛冶屋町にとまって、明日出直す」

二十七

電車から降りて、田圃道の方をゆっくりと抜けていった。元帥は田鶴江の手をとっていた。指先をしっかり握りしめて歩いてゆく。時々、思いがけないように立ち留る。田鶴江は唇の愛撫かと見上げるが、元帥はたった一度気がついて、田鶴江の唇に蔽いかぶさっただけだった。

もう家の前だった。離れの灯りがともっていた。しかし使い女達がいる別棟の方は寝鎮まっ

たようである。

「寄っていってくれ召せ——。まだ、父は起きとります」

「いや、明日にする。遅いから」

「今、何時かんも？」

「十二時だ」

と門燈の明りの中で恩賜時計を出して見せたが、家の中からもものうい時計のボンボンという音が鳴っていた。

元帥はちょっと怯《おび》えた。門の陰に引き入れてもう一度田鶴江を抱きしめ長く唇を吸わぶった。訴えるような哀切な舌の触感が田鶴江の口の中に残った。

「寄ってくれ召せ——」と田鶴江が言ったが無駄だった。

「おやすみ」

元帥はくるりと後をむいて、大股に歩きはじめた。

二十八

田鶴江は父の部屋には入らなかった。

「ただいま——」

と襖《ふすま》の外から言っただけだ。

「遅かったね?」

「はい、丹野さんにとめられてしまって。門まで送ってくれ召したけど、明日出直し召すげな」

「そうか、よかったな。早くおやすみ」

「おやすみ」

もう床の中にでも入っているのか、スタンドの灯りがふーっと消えた。

「お父さん。雨戸は?」

「もう、いい」

だるい声がもどってくる。平素雨戸を田鶴江がしめるならわしだが、よろず無頓着なその部屋はしめたり、しめなかったりだ。疲れた。そのまま二階にかえって床につく。妊娠のことは明日丹野に打ち明けようとそう思った。

夢うつつの中で、田鶴江はもう一度だるい時計が長々と鳴ったような記憶がある。

二十九

その男は離れの植込みの陰に忍び込んだまま一時間ぐらい身動きをしなかった。黒いぼろぼろの中折帽と風呂敷で顔を覆い、古背広を着込んでいる。雨戸がしまるのを、待ってでも居るようだった。しかし、十二時が鳴り終るのを聞くと、思い決したように廊下にあがった。

地下足袋をはいている。物怖じる風はない。

障子を開け、部屋に入り、暫時、立ちつくしたままである。老人はよく眠っていた。男は蒲団の裾から、

「おい、起きろ」と低いが強い声で言った。目覚めたようだった。老人が上半身を起しかけている。サッと懐中電燈の光が、その上半身を照らし出した。

ドンと、もうその瞬間に拳銃の第一弾が発射されていた。続いてもう一発。額から血を噴いた。それがくの字型に眉毛に沿い、やがてタラタラと小鼻を伝って眼の中に流れこんだ。老人は呻く外には一語も発し得なかった。後ろにのめる。懐中電燈はすぐ消された。

男は一度廊下から出かかった。しかしまた、引き返して茶簞笥を照らし出した。戸袋を開ける。一尺高さほどの新聞紙の無雑作な包みを手にとると小脇に抱え、静かに懐中電燈を消した。

廊下に出る。田鶴江が離れの入口まで走り寄っていた。男は気が付くと、威嚇でもするかのように真正面から照らし出す。

アッと壁により顔を覆う少女の姿をジロリとながし見て、それから、暗闇の庭の茂みの方に降りていった。

三十

丹野一輝が往還の上を歩いている。一本の漆黒の陰毛の幻覚は、まだ元帥の眼の先に蠢動《しゅんどう》した。それが額の傷口から流れ出るくの字型の血潮に変る。橋の上に出た。満潮なのか、ボーッと濁水の表面がふくれあがっている。丹野はポケットからピストルと懐中電燈を取り出すと、ドボーンとその潮の中にほうり込んだ。時計を一時間遅らせて、それから歩む。

風呂敷包みをブラブラゆすぶっている。鍛冶屋町の自宅の家の前に来て、戸を敲《たた》いた。

「誰かねのも?」

「一輝」

「こげん遅う。どうしのも?」

チカは木戸を開けてくれた。

「ああ。山本のお嬢さんを送って来た」

「おうー! 早う寝み《やす》召せ。もう、何時ごろじゃろうか?」

「十二時半」

時計を出して見せた。ミシミシと階段を踏みしめて、二階に上っていった。

相変らず丹野帝国の汚染地図が壁の上にひろがっていた。元帥は傷熊のように呻きながら、その地図を睥睨《へいげい》する。

風呂敷包みをあけた。背広の上衣一。古箪笥の祖父の衣裳の一番下に重ねこむ。黒色の破れ中折れ。これは鋏を出して鍔《ひさし》を切り取り、ナイトキャップのように中央だけを残してみた。それをちょっとかぶってみて着ている服のポケットにねじ込む。鍔はバラバラに切り崩して、端切れ入れの長持に放りこんだ。地下足袋。失敗《しま》った。地下足袋が左だけしかない。置き忘れた。現場の叢《くさむら》に。右足だ――。元帥は蒼白になる。ワナワナ顫える。配給の新品。十一文。ただし自分の足が十半なのがせめてものなぐさめである。

取り敢えず長押《なげし》の中にその片一方の地下足袋をさしこんだ。

紙幣は一万円ずつの束に分ける。十二万。古い皮の図嚢の奥に詰めて、その上に陸士の頃の操典類を重ねて入れる。それを中央の柱の釘にぶら下げた。

灯りをひねる。机の前に端坐する。オッと呻く。抽出しの錐を探って、太股を刺すのである。

三十一

それでもほんの一瞬まどろんだと思った時に、ドンドンと階下の木戸が敲《たた》かれた。

チカがおろおろと上ってきた。山本家からの使いである。元帥は洋服を落ち着いて身につけた。

しかし、図嚢を肩に負い、出がけにまた御丁寧に長押の地下足袋を取ってズボンのポケットにねじこんだのは自分ながら不思議だった。朝霧の濠端を抜けながら、図嚢と地下足袋の処置に窮するのである。よし、このまま行け。元帥は昂然と頭をもたげて歩いていった。

三十二

玄関に田鶴江が走り出た。大勢の人が寄ってくる。

「父が殺されました——貴方様が帰り召して、直ぐ」

もう涙も出ないのであろう。田鶴江はよろけるように元帥の図嚢の吊革にぶら下った。離れの茶室はもうまったく警官に包囲されていた。元帥の蒼白な顔は、仮面のように見えた。言葉は、しかし将軍の威厳をもって、重く区切る。

「何時、だった？」

「それが一時か、一時半か、その頃の事でした。貴方様が帰り召したのが十二時だったでしょう。それからうつらうつらして。ピストルの音で目が覚めて走り降りて見ますと、廊下のここのところにその男が立っておりました」

「年は、いくつぐらいの男だった？」

「さあ……よくはわかりませんでした」

「背丈は？　高かった、低かった？」

「高くて、ちょうどあなたぐらい……」

言いさして、田鶴江は急に口をつぐんだ。元帥の恰幅《かっぷく》がそっくりそのままのおそろしさを再現させるようだった。

元帥の眼がランランと燃え上る。勝者の狂暴な殺戮《さつりく》の歓喜をやどしている。

三十三

が、元帥は焼香の時にまで図嚢を負っていた。田鶴江がそれを肩からそっとはずしてやる。香を摘み取って、しきりに指で揉みながら、何となく元帥は放念していたが、香をジリジリと蠟燭の炎の中に焚《た》きくべた。

三十四

「お通夜でもありますし、それにおそろしか——。今夜だけは泊っていってくれ召せ、のーも」

田鶴江は哀切な声を挙げて嘆願したが、元帥は肯《き》かなかった。夕暮れと一緒に立ち上る。

田鶴江は玄関まで送って出て、涙をためながらよろけるようにまた図嚢の革紐にぶら下るのである。

「それに私――妊娠ばんも」

「妊娠？」

元帥の空虚の瞳孔がさらに拡散していった。生れる――また生れる――また生れる――新しい人類の大軍団が犇々《ひしひし》と元帥の包囲鉄環をしぼってゆく。元帥は物も言わずに、そのままよろめき出した。

三十五

叢《くさむら》と藪《やぶ》の陰を夢遊病者のように歩きまわった。地下足袋はどこにも無かった。何のためにか、元帥はもう一方の片足を、ポケットから抜き、そこに置いた。

三十六

元帥は、十二万の百円紙幣を、鋏でこなごなに細分するのに五夜かかった。リュックにほとんど一杯のようだった。

それを負うて海の突堤の方に抜けてゆく。レームに上る。潮風が毛髪を容赦なく吹き上げた。素晴らしく晴れてはいたが、波は高かった。激している。波と波の間に無際限の泡沫が湧き立ち、しぶき、消えていた。

元帥はリュックをさかさまにして紙幣の屑をバラ撒いた。舞い上るもの、散るもの、泛《うか》ぶもの、嚥《の》まれるもの——それは潮風と波の間で、千万の軍団よりもはてしのない豪壮な虹を描いた。

三十七

坑内の最後の目撃者は、こう言っている。

元帥はいつもに似ず、はなはだ快活のようだった。大声で軍歌なぞを歌いながら、鑿岩機で炭層の中に爆破孔をあけていた。それから、火薬保管の係から、マイトを受領してきたようだった。

「いや、マイトの勝手な処分はうるさいんですがね。もうあの男ぐらい馴れた奴には、能率が上るように勝手にやらせまさあ。三発、導火線発火のマイトを貰ってきたようでしたね。それを脇において、一休みというところでしょう、ボタの上に腰をおろしていましたっけ。野郎、煙草を吸いはじめましたんでさあ。これもうるさいにはうるさいが、なあにガスの少ないところでは、誰でもやることでしてな。気にもとめませんや。十米ぐらい離れていましたかね。奴は俺の方を向いて笑いながら大声で（おい貴様。餓鬼とカカアとどっちが可愛い？）と言った

ようでしたね。聞えないから、聞きかえすと、（餓鬼とカカアだ、餓鬼とカカア）

それからグワーンと火柱が立ちましたな。おったまげたの何のって。馴れたハッパにもああ、

不意にきちゃ――。可哀想に、野郎、粉微塵でさあ。あっしが危うく助かったんで」

三十八

田鶴江は元帥の葬儀の後にも、一度だけ鍛冶屋町の丹野家を訪れた。丹野一輝の勉強部屋に坐らせてくれというのである。

「ほんにのも、ほんにのも」

とチカは同情して先に立ち中二階の薄暗い部屋に案内した。一人でしばらくここに坐らせておいてくれとまた田鶴江がいうので、チカは肯きながら、オロオロと降りていった。

田鶴江はムシレた畳の上の机の真前に黙って坐ったまま、長いこと身動きもしなかった。涙がいつのまにか眼の中にきっちりとふくれ上っている。相変らず矩形の小窓からは弱い光がチロチロチロチロと洩れていた。壁の汚染が元帥の消え果てた夢のようだった。

「やっぱり、あの人であったにちがいない」

そう思った。

「廊下に立っていた、あの男は――」

しかしそれはまた、元帥への尽きることのない愛慕をもかき立てた。梶太とチカに鄭重に礼をのべ、位牌《いはい》に香華料《こうげりょう》を供えてから、田鶴江は静かに立ち上って帰っていった。

翌年、玉のような女の子を産んだ。

白雲悠々

「あのう――子供達が少し悪いんですけど、ちょっとお帰り願えないでしょうか?」

例の通り聞きとりにくい女房からの電話である。新宿の真中に宿を取って原稿を書いているが思うように捗《はかど》らない。暑さも暑いし、周囲の喧騒を、この建物が全部吸いとるふうで、朝も夜も鎮《しずま》ることがない。

旁々《かたがた》三十八度線を突破した北鮮軍の擾乱《じようらん》のことも、重苦しく私の気持の上にのしかかっている。宿の屋上から見下されるパンパン。客引の女。アロハシャツ。ビンゴウ(12)の喧《かまび》すしい叫び声。ネオン。

子供達の病状も気にはかかったが、しかしこのざわめく世相がどのようにして美しい安定と、均衡と健康を恢復《かいふく》するだろうか。絶望のような予感がする。私は自分の身裡《みうち》の中に、不吉にゆれそよぐ現代の悲哀を味わうのである。もう原稿などは書きたくない。どこぞ野山の中へでも分け入って樵夫《きこり》をでもして暮したい。そう思いながら宿のコンクリの階段を降りていった。

しかし夜の街にすべり込むと、私の歩行につれてパンパンが追い、客引きが招く。今まで高い角度から現代の雑踏を眺め下していた故《ゆえ》に、妙に疎隔した空虚な焦燥に感じられたものが、同一の平面に立つと私自身の心の伴奏のようでもあり、狂躁の序曲のようでもあった。私は屋台店を二三軒覗いていってビールを二三本ずつひっかけていった。したたか酔った。例の通り猪突妄動の浮薄な心が湧いてくると、このまま伊東にでも出掛けてみたくなってきた。子供の病気などどうでもよい。実に、やりきれぬではないか。坂口安吾氏[13]の所へでも出掛けていって、大いに飲んで、思い切り現代という奴を罵倒してみたくもなった。

昨年以来、何度も出掛けようと思い立ちながら、金を寄せてきては、列車に乗り込む前に空費して辿《たど》りつけたためしがない。

いや、それとも五反田《ごたんだ》辺りのパンパンのところにでも出向いてみるか。こんな時に太宰[14]なんかがいてくれると助かるのだ。あいつの顔を見ていると反射的にながが生きがしたくなる。

「長い長いマラソン競走をいたしましょう」

なんて言う手紙を寄こしたこともある。きっとやり切れぬほどの悲哀にのまれていた時期の事だったに相違ない。

私は店頭に目醒めるほど美しく並べられた夜の果物に気がつくと、意味もなくマクワ瓜を三つ買った。それを風呂敷にぶら下げて、駅の方に急ぐのである。

「インコワ、インコワ、(銀瓜)」とか、

「シイコワ、シイコワ、(西瓜)」とか、

「マイリン、マイリン、（質菱）」とか、
中国の喧《かまび》すしい街の売子の雑踏の声が記憶の上に蘇《よみがえ》る。漢口とか、南京とか、北京とか、あんな町に走り去ってしまいたくなった。が四つの島に釘づけにされてしまった私達は、この喘《あえ》ぐ細長い列島から立去ることも逃げることもかなわない。

作品社の社長の山内文三が南極の捕鯨船に乗り込ませてくれるなどと言っていたが、本当に実現する見込みがあるのか、あれば一刻も早くその天洋丸と言うのに乗り込んでみたかった。洋上で大戦でも始まり、どこかの軍艦から拿捕《だほ》にでもなれば、こんな幸せなことはない。私は戦争は好きではないが、運命の舳先《へさき》がグラリとかしぐのをはなはだ愛好するたちだ。それとも余りに転変の激しかった半生の故に平和に馴れず平和を覚えきれなくなったとでもいうのか。

思いがけず、私は風呂敷のマクワ瓜をかかえたまま、酔った千鳥足を自宅の方に引きずっている。

家はシンと鎮まっているようだった。そうだろう。ようやく終電車に間に合って辿りついたのだ。それでも風呂敷にくるみ込んだマクワ瓜を、思いがけない宝物のように卓上に投げるのである。美しかった。一月ぶりに帰還した家の主人は、まるで物珍しい旅の客のように夜の戸を繰って、庭木の重り合った風情《ふぜい》を眺め廻す。

「どうしたんだ？　次郎」

「おといまで元気でニコニコ一日中笑っていたんですけど、昨日から下痢がはじまって、ホラ、こんなにやせてしまいました」

痩《や》せたかどうかは知らない。生後一ヵ月の次郎を知っているだけで、二ヵ月目の自分の子供の発育状況は知らなかった。

「どんな下痢をするのかね？」

「一日に五六度、ブツブツの緑便なんですよ、それに膿《うみ》のような粘液がまじっています」

「フン」と肯《うなず》いてだけはいるが、酔った頭に正確な子供の状況がのみこめない。

「医者には見せたのか？」

「いいえ。お帰りを待ってから、よく決めようと思っていたのです」

「それはいけない。何故すぐに見せぬのだ」

しかし家の近所に適当な医者がないのである。ここからだと近くて三十分のバスに揺られながら、聖母病院まで出掛けなければ解決しない。はたして道中の動揺と、はげしい夏の日光の直射に耐えられるかどうか。しかし、絶えず留守がちの主人が口にし得ることは、

「どうして医者に見せないのだ」

この息子はちょうど二月前に、同じ新宿の宿の五階の部屋で女房に小説の速記をさせている最中に、産気づき、朝の始発の電車で病院に辿りつくと三十分も経たないうちに生れてしまっ

た。まったく間一髪というところである。入院料も何もなく、結局病院の玄関に女房を預けこむと、そのままS社に走り、B社に走って、所要の金額を調達した。

貧乏しているなどと思われると、はなはだ心外だから一言するが、五月は最もよく奮闘した月だ。小説を八本書いている。そのうち五十枚以上の原稿が六本ある。出産の費用にと思って、大突撃を試みたわけだった。

ところが細君の方は出産予定日というのを絶えず様々に言い換えるから、稿料を貰っては浪費、貰っては浪費。肝腎の出産の時には結局車代もなかった。加之《のみならず》、出産のための産褥蒲団《さんじよくぶとん》、脱脂綿、子供の衣類、みんな自宅にしまっていたから、私は病院からかけ出して自宅に戻り、これらの品を女中に届けさせた時には、まったくお産は終了してしまった後であり、人に借りた産褥蒲団、息子は人に借りた借衣装でスヤスヤと眠りこんでしまっていた——。

私はこれらの出産の手違いを誇張してみる積りはない。また、滑稽談のふうに語りたくはない。まったく身を焦がされるほどの悲哀と、絶望にのたうった揚句の果に生みだされた子供であった。

かたがた細君は未《い》だ《ま》に私の籍に入っていない。私生児でも何でもよろしいが、しかし、親の怠慢から息子の疑惑を後にまでかもしたくはなかった。

が、事実を言うならば、何の手続きをも取っていない。女房は産気づくと同時に一さいの事務を真鍋呉夫君に頼みこんでしまって、自分は病院の寝台の上に産後の静養をはかっていたわけだ。

私は大声をあげて怒鳴った。しかし、自分の怠慢は、これを口にしたくはない。もっぱら真鍋君が被《かぶ》る被害の方を誇張してベッドの上の細君の怠慢を面罵するのである。

ところで、その次男の誕生の届出になって私は驚いた。次郎が次男だと言う届出が受理されないのである。

母が違う子供達は何人生れようが新しい民法ではその都度長男と届出るものらしい。多分その母と財産上に法律で保護を加える仕組みなのであろうが、何も一々長男などと名を変えて実を失うには及ぶまい。

たとえば次郎が学校に通学する頃になり、

「君に兄さんがいるか？」

「はい、います」

「じゃ、次男だね？」

「いや、長男です」と言うことになったらどうする。現代の社会が改善し得る限度は、あらましこんなことだけである。私は報復として五人の子供を五つの腹から生んでみよう。次郎も長男、三郎長男、四郎長男、五郎長男、というのはどうであろう、馬鹿馬鹿しくてかなわなかった。

　私は久方振りに「次郎も長男」の次郎に対面したが格別やせているようには思えなかった。もともと出生の折の目方が七百匁前後であったから、人並みの発育なんぞを期待していやしない。それにしては肥っていた。女房が頼りなく思うのは、朝夕腕の中に抱いていて、自分の支えきれぬような願望の中に子供の姿を見失ってしまうのであろう。私にだってそんなことはある。自分の願望の中に文学なぞを抱きしめて離さなかったなら、文学なぞおそらく見失ってしまうに違いない。

　生きるということは、均衡を知ると言うことだ。自然との対比の中に己の限界を匡《ただ》し、己の限界を越えることだ。何に向ってか？　おそらく神に向ってであろう。まぎらわしいならば、生産する自然力と呼び換えてもよい。

　私はもう一度自分の破れ果てた家を見廻し、改めて二ヵ月の嬰児《えいじ》を抱いてみた。軽かった。何て言う顔だ。見覚えも何もない。私に何の責任があり、私は何をすればよいと言うのか。額にふれてみれば、なるほど熱はある。小さいクリクリした手首のあたりを押えてみると、私とまったく無関係のふうに、コトコトと血管の脈動が伝わった。しきりに欠伸《あくび》を繰り返している。グルグルと尻が鳴り、火のつくように泣きだすから試みにおしめを開いてみると、なるほど緑便のようだ。私はもう一度大声に、

「やっぱり医者に見せねばいけません」

そう言って意味もなく赤子をゆすぶってみるだけである。

「ビールはあった?」

「いいえ、ありません」

なるほど家だ。おでん屋のふうにいつも取揃えて、ビールや、ウィスキーが並んでいる道理はない。

「でも、焼酎の余りなら少しばかり残っております」

「その焼酎だ」

私は次郎を母の手に移して、もう一度焼酎をあおる。

「太郎も悪いのか?」

「はい」と女房が答えている。不吉であった。折からガアガアと鵞鳥の夜啼きの声がきこえている。

「どうかしたのか?」

「はあ、学校からお注意の手紙がきて、何だかレントゲンの写真の結果が悪いんですって。ツベルクリンの反応が陽性だったから、写真をうつして戴いたでしょう?」

いや知らない。全然記憶も何もなかった。

「太郎の長男」も「次郎の長男」も、みんな女房に預けっぱなしで、この一月ばかり家のことは一さい知らない。かりに死んでしまったと言って細君から呼び出しが来ても、驚くほどの道理はない。しかし私はちっとも心配はしなかった。

「当り前さ。太郎は二ツの歳に、全身結核菌を浴びているんだよ」

ちょうど太郎がまる一年の誕生の少し後から、先妻が発病して一年余りの病臥の後に死んでいる。むしろ結核菌が感染していない方が不思議だろう。

「で何か、変ったことがあるのか?」

「はい。次郎が何ともなかったら、明日、清瀬の病院まで行ってみますけど、明日、呼び出しのお手紙が来ているんですよ」

「フン」と私は、学校からの書状を手にしてみた。

「体操や、水泳なんかもしてはいけないんですって」

その書状の裏書きをでもするように女房が言った。

「馬鹿。泳ごうにも、太郎泳げないじゃないか」

私は受持の教師が書いてくれた懇切な手紙を一読してみたが、別に何の心配も感じられない。予《あらかじ》め学校の教師に太郎が母を失った顚末を報せておけばよかった、とただそう思った。焼酎をやたらにグラスにそそいで、グイグイあおる。

「鵞鳥《がちょう》の羽根はどうした？」

「やっぱり治りませんよ」

むしろこの方が酔醒めするほど気掛りな事だった。先日家に帰ってきた折に、悪友たちと寄り集《つど》うて酒を飲み、酔興にかられて鵞鳥を追った。石燈籠のところに鵞鳥を追いつめて、その鵞鳥の首をとって空に投げうったのである。

したたかウィスキーも飲ませてみた。実は学生の頃、サンライズと言う無声映画を見たことがあって、その映画の中に豚や、家鴨《あひる》や、鶏の群が酔って廊下をざわめく姿が格別に面白かったからだ。

ところで鵞鳥も、シャモも、ウィスキーに酔い、主人から空間に抛《ほう》り出されて、一週間ほどは啼きもしない。卵も産まない。羽根は空にほうった折に、折れてでもしまったのか片方がだらりと垂れて元にかえらなかった。

しかし、相手は禽獣《きんじゅう》だ。ちょうどトカゲの尻尾のあんばいにいずれそのうち恢復するだろうと思っていた。そいつが垂れ下ったままだというのは憂鬱だ。これこそ、私が短い人生の中で、明瞭に生を破壊し、健康を崩壊させた顕著な例である。しかしながら我々が無意識のうちに精神の上で傷つけ破壊している事例は夥《おびただ》しいだろう。私は残りものの焼酎をあおりながら、いよいよ憂鬱になりいよいよ狂暴になって、三ヵ月ぶりに我家の女房を抱きしめていた。

朝になると私の家はさながら動物園の風情《ふぜい》を呈する慣わしだ。シャモの声、鶏の声、鵞鳥の啼声。これはまた何としたことか。見覚えのない二匹の猫が、私の枕もとを歩き廻っている。

「おい、どうしたんだ？　この猫」

「太郎が拾って来たんですよ」

「拾った」

やたらに動物がそう落ちているものかどうか。私がいた間にも、みすぼらしい犬を抱えてきてこれはどうやら育ち、今でも家に居ついている様子である。現に今先も座敷の中に迷い込んで来て、女房から追い払われたところだ。

「この犬、もう名前ついたか？」

「いいえ、太郎も何とつけていいかわからないらしいですよ」

「そうか、それなら没有名子《メイユミンズ》[15]」

中国の部落部落を歩いていって、よく土民のお神さんが抱えている赤ん坊をとらえ、

「名前はなんだ？」と聞くと、大抵、

「没有名子《メイユミンズ》」と答えたものだ。

この犬を拾ってきた折に、太郎が名前をせがんだから、

「ジロタロとつけたらどうだ?」と言ったら、それ以来太郎は犬の名前を所望しない。私はジロタロと思ってはいるが、誰もまだ犬の名前を知らないから、没有名子《メイユミンズ》に相違ないだろう。

私は動物などについて何の好みも無い。迷い込んでくる奴は居つく限りは居ついてよろしい。しかしこの二匹の猫を加えるなら、猫は既に三匹になるわけだ。ちょうど次郎が生れたばっかりの頃、生れたての猫を太郎が貰ってきて可愛がっていたが、家によく遊びに来る中年の婦人が、

「同じ年生れの猫と赤ちゃんでは、どっちかが負けて死ぬと言いますよ」

などと迷信を言いふらして、

「しばらく預っておきますから」

親切のつもりだろう。そう言って持ち帰った。ざまを見ろ、それからまた二匹の猫がやってきて、あの猫が帰ってくるとなると、都合三匹ということになる。

繰り返すように、私は犬猫なんぞに何の好みもない。先日、おでん屋で酔っぱらっていたところ、河盛好蔵氏(16)が、

「檀君は面白いが、どうも趣味が悪くって」とそう言った。河盛さんの論議は、つまりはここのところを言うのであろう。何事によらず私は現代において忠義だてをしたいほどの、理想、芸術、社会、まして骨董なぞを持合せていない。ともあれ私は、私の体力の余燼《よじん》のくすぶる限

り、あらゆるものに付和雷同してみるだけだ。が、まあ、こんなことは言えるかも知れない。野良猫でも野良犬でも結構だが、丈夫な奴であってほしい。体力頑健な奴であってほしい。なんでもよく喰い、よく遊ぶ奴がよろしい。躾《しつけ》など一向身にしみない奴がよろしい。あんまり主人の恩義などに感じてくれる犬猫は迷惑だ。だからシャモは好きだ。あいつは主人に恩義などつくしゃしない。牝を得るために相手の牡を制圧するだけだ。負けた時の顔を見てくれ。殺してくれッて言うような顔をする。だから首をチョン切ってすぐシャモ料理をはじめても、いささかの不憫の気持も起らない。変に瞑想にでも耽っているようなヒョロ長い犬など真平だ。それからチンコロとか、もじゃもじゃと洋菓子のような犬なんぞ私の性分に合わないのである。もっともこいつらだって私の家に迷い込んでくれば、きっと私の家風に合って堕落してゆくだろう――。

私は裸になって起き上ると、先ず一杯、朝の冷水を飲みほしてはなはだ爽快な気持になった。相変らず次郎がぐずついて泣いている。下痢腹がまだ恢復しないものに相違ない。しかし女房は婦人倶楽部《クラブ》の付録か何かを読んで、近所の薬屋からかガクトサン乳をみつけてきたらしい。そいつを飲ませてその効果が覿面《てきめん》にでも現れたとでも思い込んでいるふうだ。

「清瀬の病院ゆきッてのはいったい何時だ？」

「三時までですよ」

「あそこにK社の手塚君がいるから、ついでに見舞ってくるぞ」

「どうぞよろしく仰言《おっしゃ》って」

「ところで太郎は、毎日行っているのか？　学校は」

「いいえ、先生からのこんな注意書きが参りましたのよ」

「なんだ？」と手に取ってみると、

(御子息の遅刻が目立って多いから、少し早目に学校へ出させておいていただくようにお願いします)


参考までに出席定数と遅刻日数とが対比されてある。

出　席	4月	5月	6月
出席定数	17	25	26
遅刻日数	0	10	25

これは驚いた。

「六月は遅刻してない日は一日だけじゃないか」

「はあ、そうなんですのよ。それもね、その一日は電車の中で先生にお目にかかって連れてゆかれたんですって。お家は随分早く出るんですのよ。でも、途中が面白くって、蝦蟹《えびがに》に引っかかったり、養魚場に引っかかったりして、途中が素通りできないんですのよ」

困った奴だ。しかしよく考えてみると自分の性情の中にも思い当る節《ふし》がある。まあ欠席が二回だけで喰い止め得たのが、幸せの方だ。これも聞いてみると、一日は駅で引っかかって終日改札口の駅員の切符切りを眺めたり手伝ったりしていたそうだ。もう一日――これはちょうど私も女房も家を留守にしていた時で、一人で屋根に登り、女中がいくら呼んでも、とうとう屋根の上から下りてこなかった由《よし》。

大いに折檻《せっかん》するにしても、はたしてこの性情がうまく改善できるかどうか、疑わしい。社会人としての不適応性は、私の家の根本の性情として、流れているかも知れないが、なるべく穏便に成長してほしいものである。いずれ、私は太郎に漢文を大いに仕込み、それから南画をやらせ、やがて皿焼きにする積りである。しかし私の希望通り本人の気持が向くかどうか。それより体力がつづくかどうか。

「じゃ、出掛けてくるぞ」

立ち上って洋服を身につけた。

「金をくれ」

「おいくら？」

「三千円」

「どうして？」

「見舞があるじゃないか」

私はそのヒラヒラする紙片をポケットの中にねじ込むのである。

家を出た。今日も日光の直射が激しいが、しかしよく風が通っている。キビの穂が、高く紫紺の色にさやいでいた。私は故意にそのキビの畑の道をよぎるのである。中国のあれはどこであったか、多分柳州に這入る間際の辺りのキビ畑の辺りであったか、同じように強い日光の直射の中で、同じように私の丈《たけ》を越えるキビ畑の中をとりとめなく歩いていた日のことを思い出していた。私にゆかりのものは何もない——。この天然の旅情の中をたった一人で歩き進むことが、私の身裡《みうち》の中でふくれるほどの充溢に感じられたことがある。

ちょうどこんなキビ畑の中ではなかったか。こんな真夏の光りと蔭のなかではなかったか。私はその狭いキビの道を歩き、空を仰いで、しきりに白雲悠々の心とでも言ったものを得たいというような気持になった。

中国のキビの林の中を歩きつめていた日には、家とか子供とか、原稿とか、そんなまぎらわしいものは何もなかった。歩いてはキビを折って、その甘味をむさぼり、歯茎の血が、キビの芯ににじみとおったのを思いがけない旅情で眺めた記憶がある。まったく広い、際限の無いキビ畑だった。採植した土民はすべて行方もなく逃避しつくしていた。私はいつ狙撃されるかもわからなかった。しかし狙撃されて、倒れても、何もわめくほどのことはない。そんな気持で、際限の無いキビ畑を辿《たど》っていたが、あれは昭和十九年の何月のことであったか――。

ふいに、左のキビ畑の中から、右のキビ畑の中へと純白のシャツを着た子供がチョロチョロと駆け過ぎた。追憶と、現実が可笑《おか》しな具合に重って、私はしばらくその昏惑の中から脱けだしにくかった――。

が、ようやく、

「タロー」と大声を挙げてみた。瞬間、キビの穂が揺れやんで、その幹の間から、不思議そうに太郎の顔が覗きだしていたが、私に気がつくと、

「チチー」

一散に走りよってきた。真赤に顔を火照《ほて》らせている。

「何だ？　太郎。学校に行かなかったのか？」

ようやくそこのところに気がついたというふうに、ちょっと怯《おび》えて私を見上げている。

「何していた？」

「これ」

草履袋をさし出して見せている。覗いてみると、これはまたおびただしい昆虫の群が草履袋の中一杯にひしめいていた。カブト虫。鍬《くわ》ガタ虫。紙切虫。

「バカ！　学校から帰ってから、こんなものは獲るんだぞ」

「うん、うん」と顔を火照らせ肯いてだけはいるが、納得した模様はない。急いでその太郎を抱き上げて、太股のあたりを、思い切って強くピシリと打った。

草履袋を奪い取って、それをさかさまにして虫を放つ。太郎が無念そうに見上げている。

「中にはいっていた靴はどうしたんだ？」

「ランドセルの中にあるよ」

「どうして、こんなとこにいた。キビ畑の中にも何かいるのか？」

「紙切虫がいるんだよ」

少しく安堵の様子で見上げている。

「なぜ学校に行かない？　こんな虫を取るのは、学校が済んでからだ」

しかし、時計はもう十一時をとっくに廻っていた。何か思い切った折檻もやってみたいが、また、どうでもよいような気持もした。太郎の人生は、おのずと太郎が選ぶままでもよろしいだろう。

自由を選ぶときに己が蒙《こうむ》る悲哀と刑罰は、また必ず己のものだ——。

私はその空虚になった草履袋の中に、飛び去れなかった虫どもをもう一度拾い取って納めると、太郎の手を取って歩きはじめた。

「清瀬の病院に行くんだよ。太郎のレントゲンの写真を見てくるんだ」

「チチ知ってる？　病院のあるところ――」

「いや、知らない」

「じゃ、タロ、教えてあげるね」

かえって太郎の方が私を引曳《ず》るようにして電車の駅へ急いでいった。

風がある。それがプラットホームの上を吹き通して、空の中には白雲が悠々と浮遊していた。息子と二人こうして手を取って、遊山へでも出かけるふうに歩くのは、実に久方ぶりだ。この日頃市井の雑踏にまみれて酒に追われ、金に追われ、原稿に追われて、安らぐひまもない。世界をあげての動揺の中に、断乎《だんこ》として、新しい生の主張を試みたいと希《ねが》っても、自分一人すら、まぎれなく、持ち耐えることが困難だ。

私は空を仰ぎ、太郎の手を曳いて、下り電車の中に乗込んでいった。太郎は馴れたふうで、さっさと椅子に腰をおろし、窓から、あちこちを指さして、私に教えつづけている。カブト虫の多い林。蛇のいる森。そこに合歓《ねむ》の赤い花が見えていた――。

すると、太郎は通学の電車に乗らず、絶えずこの沿線の森や林を彷徨《ほうこう》しているものだろう。

大泉で、一人の可愛らしい通学の少女が乗りこんだ。

「アラ、ダンタロちゃん。今日どうして休んだの？」

太郎が当惑して、赤くなって私を見上げていたが、急に少女の側へ走ってゆくと、少女の髪の毛をモシャモシャと愛撫し始めた。

「あげるね、あげる」

いつのまに、かくしていたのか、太郎はポケットから大きなカブト虫を一匹出すと、少女の方に差し出した。今度は少女の方が当惑して、私の顔を見上げている。

武蔵野の森をいくつも過ぎる。

「ハイ、キヨセデゴザイマース」と太郎と少女は二人で車掌のふうに声をあげてから、手をつないで降りていった。私は輪タクをやとった。少女が太郎に手をひかれて悪びれず乗りこんでくる。昔の軍用道路か。平滑な道を車は急いでいった。

Y字路で、少女が大声をあげて車をとめ、それから降りて、しばらく手を振った。すぐそこが家なのであろう。木立の中にかくれていった。

療養所の診療室はすぐわかった。太郎は、レントゲンの写真を、前に撮《うつ》しにきているのである。広い、ガラン洞のような、鎮まった廊下を、私の方が薄気味悪く歩いていったが、太郎は至極平気の様子で、鼻歌まじりに歩いている。

その部屋に入っていった。看護婦二人、それから婦人。医師が、スリガラスの上にフィルムを張り、パチンと明りを入れて、一人の婦人を相手に写真の説明に余念が無いようだった。

やっぱり学童の子供をもつ親のようで、その子供の病状と、注意を長々と訊《き》いては、うなずき、また訊きはじめるといった有様だ。

就寝の時間。食事。勉強の時間等。

私は黙って私の順番を待っていた。かえって医師の方が私の方を気にしながら、

「ではまた、変化がありましたらお報せしますから、それまでは大して御心配なさるにおよびません。ちょうど夏休みですし、まあ、唯今申し上げたことでも守っていただいたら——」

婦人は、少しく物足りなさそうな顔付であったが、ちょっと私にお辞儀をすると、静かに出ていった。

「檀さんですね？」

と看護婦がまず言った。医師は黙ったままフィルムをつけ換え、私が一礼して近寄るとパチンと明りのスイッチを入れた。

診療室が明け放ってあるので、風がよく通る。これが太郎の胸の中か、と羽虫の羽を透かせたようなその写真の映像を、私は見守った。太郎も感動した顔で見上げている。

医師はほとんどダルイといったような声で語りはじめた。

「ここに一つ小さい穴が——、多分石灰化していると思うんですが。それから、このあたり、少しく濁っているでしょう。肺門淋巴腺《りんぱせん》が腫脹《しゅちょう》しているようですし——」

「はあ——」

「はあ――」と私は一二度肯《うなず》いていたが、

「実はこの子供が三つの時に、子供の母が結核で死にまして、ほとんど満身に結核菌を浴びたでしょう」

「そう」

「そう」と今度は医師の方が肯いた。瞬間私の眼の中には病み果てた妻と、三歳の太郎の姿が眼に浮んだ。あの時、今日を予期しないことはなかった。しかし、いかにして隔離できるというのか――。たった一つだけの間借り。まったく私一人の介抱と養育。私の睡眠時間は多くて五時間を出た日が無い。太郎の糞便。腸結核の妻の糞便。

正確に対処する道は知っていた。しかしながら、正確に対処し得ない人生だって、ある。

「御覧の通り、学童としては相当警戒しなければならない状況ですが、しかしもう一度、九月に写真を撮りましょう。唯今、進行しているものか、どうか。まあ、せいぜい安静をさせて下さいませんか」

「はい」と私は鄭重《ていちょう》に叩頭してから、診療室を出ていった。廊下の外に飛び抜けるほど華麗な花が見えている。でき得る事なら、あらゆる手段を考えて、太郎の生命を防禦したい。しかしでき得ないことは仕方がないだろう。

広い廊下を受付まで帰っていって、K社の手塚君の病室を訊いてみたが、子供連れでは面会は禁じられているということだった。他日にする。

病院を出て、待っていた輪タクに乗ると、驚くほどの低空でアメリカの飛行機が擦過《さっか》していった。しばらくぶるぶるとその爆音が、私の肝にふるうのである。

上り電車が石神井間近になり、太郎の手を曳《ひ》いて立上ったトタンに、突然、どこかで、馬鹿騒ぎがしたくなってきた。酒を飲んで、女の腰を抱え、歌って、踊り狂ってみたくなってきた。

「タロー。一人で帰っておき。チチはちょっと銀座まで行ってくる」

太郎は驚いたようだったが、それもまた毎度のことだというふうに、一人で飛降りてそれから窓の外で手を振った。

発車する。その太郎の白いシャツが遠ざかるのを窓越しに眺めながら、ルーヴルにするか、それともモナリザにするかと、ポケットの紙幣を指先でもてあそんでいるのである。

ペンギン記

そろそろ南氷洋に着くころから、私は何となくペンギン鳥を一羽飼って見たいものだと思いはじめた。その子供じみた、おろかな、小さい欲求は、次第に抜きさしのならない根強い妄《もう》執《しゅう》に変っていった。

「ひとつ、ペンギン鳥をとっていただけませんか。内地まで私が飼ってみますから」

「飼えますか？」

「ええ、飼えるでしょう。私は随分、野鳥を飼った経験がありますから」

「それなら、探鯨船にとらせましょう」

サロンの食事のあとで、船団長が気易《やす》くうなずいてくれるのである。私は船団長あてに日本の各地の動物園から、ペンギン鳥の申し込みが殺到していることを聞いていた。

極地近く操業するからには、ペンギンを捕えることはそれほど困難なことではないようだ。しかしこれを飼い馴《な》らして赤道を越えることが難かしい。いや、ペンギンの飼育などに専心できるような有閑人がいないのである。だとすれば、これは私が一番適任者だと言えるではないか。

野鳥を飼う――ことに極地の氷原に棲《す》んで、沖アミ（Euphausia superba）(17)を捕食しながら生きているような野鳥を飼う――それがどのくらい難かしいことかということは、少年のころ、しばしば野鳥を捕えて飼っていた当の私のほうが一番よく知っていた。

私が子供の時分に飼っていた小鳥は、目白《めじろ》だとか、頰白《ほおじろ》だとか、四十雀《しじゅうから》だとか、鶯《うぐいす》だとか、内地の野山にありふれた鳴禽類《めいきんるい》のたぐいである。まれに瑠璃《るり》やイスカなどをも捕えることがあって、そのつどおぼつかない飼育法を聞きかじって、それでもあきずによく飼った。

しかし、小鳥を飼うということは、また小鳥を殺すということとほとんど変りがないようだ。一夜を待たずに落鳥することだって稀《まれ》ではない。そのあとにはきまって何となく後ろめたいわびしさがつきまとう。

もう幼年の日の記憶はあらかたうすれてしまっているけれども、十歳前後の、一途《いちず》な、物狂おしいような、自分のあの異様な熱狂の気持だけはおぼえている。

あの頃の小鳥にたいする偏執と熱狂は、もちろん、人間の本能的な狩猟の欲求にもとづいているものでもあるだろう。あるいは、満たされない少年時の隠微な性の衝動であったかもしれない。

彼らが鳴きかわして枝々を伝いおりてくる時。また水ハガ(18)に落ちて水の中にクルリと回転する時。いや、その小鳥の肌のヌクモリを手のひらのなかにしっかりとにぎりこむ一瞬。それらの時々のくるおしい感触は今でも私の記憶のなかに鮮《あざ》やかだ。

今まで野空の中を翔《か》けわたっていた小鳥が、一瞬にして自分の手の中に墜《お》ち、身悶《みもだ》え、羽搏《はばた》き、私との新しいふしぎな関連の中に生きるわけである。

私はアルコールを綿にふくませて、彼らの羽毛から用心深くとりもちの粘りを拭《ぬぐ》い、籠《かご》に入れ、萌黄色《もえぎいろ》の風呂敷《ふろしき》を被《かぶ》せ、三日でも、四日でも、根気強く小鳥どもの鎮静を待つ。やがて、彼らの不信、猜疑、絶望が、単純な空腹に打ち克《か》てなくなって、おずおずと、しかしすばやく餌につく時の歓喜。

とりとめない生成と流転の間から、選ばれて、ついに私の掌《てのひら》の中に落ちこんできた確実な生命のそよぎ——かりに彼らが一夜で死のうが三日で死のうが、一週間で死のうが、彼らのいのちからすなわち私のいのちを知り、彼らとの関連から、すなわち天地への関連を知ろうとするはかない衝動であったと言えぬこともないだろう。

彼らの不信がいつのまにか信頼に変り、彼らの猜疑がおぼろげな愛に変った事実を見届ける時の責任を伴ったさびしい不安は、それこそ幾夜もまんじりとできないほどであった。

しかし、小鳥の生命ほど落ち易いものはない。ちょっとした風向や、水浴の加減でも、彼らはポロポロとまるで落葉のように死んでいった。私は死を嫌った。彼らの死は、私の自責の心に、いつもほとんど際限のない幻覚を与えるものである。

彼らの死を知ると、私はもう鳥籠の周囲に寄ってゆくことすらできなくなってくる。

「あなたが小鳥を飼うのはよろしいけれど、死んだら死んだで、後かたづけをしておやりなさい。それにしても、せっかく、空の中で囀《さえず》っている小鳥を、こんな籠の中に押しこめなくってもよさそうなものを――」

と、いつも母はこぼしながら、鳥籠の中の小鳥の死骸《しがい》の後かたづけをやっていた。落鳥の瞬間までは、水を含ませ、真綿にくるみなどしていたわっているくせに、死ぬとなると、何もかも放棄してしまう私の性質が、母はよほどいぶかしいものに思えていたようだ。

鳥籠の中で死ねば、その鳥籠の中の小鳥の死骸を、五日でも、七日でもほったらかしにする。その鳥籠がチラリと見えるのにすら耐えられないのである。

それにもかかわらず、母が死骸を片づけてしまうと、私はまた新しい小鳥の捕獲と飼育に熱中する。

これらの遺《や》る瀬《せ》ない少年の日の、心の行方《ゆくえ》が、私には、今はよく判るような気持がする。自分自身が皆目頼りのない時期で、言ってみれば、自分の心を確立してみたいのでもあったろう。少年期の縹渺《ひょうびょう》とした天地への不信と疑惑の中で、自分の力をあらためて確認してみたいのでもあったろう。自分の力に応えてくれる、かすかながら、生命のあかしが得たいのでもあったろう。

私は、甘いが、かけがえなく淋しい、自分の少年時の心の衝動を、今は是認してみたい気持である。

おなじく今、この南氷洋に迷いだしてきた自分自身の心もいぶかしかった。人間への不信。いや、自分自身への不信。自分の生き方の状態への不信。パンパン、ネオン、パチンコ、作家、カンヅメ、編輯者《へんしゅうしゃ》、エロ小説、議会、占領、天皇など。それらが代表している二十世紀文明という、みじめな東京の雑居の状態に対する疑惑。

私はこの眼で、長崎を蔽《おお》った原爆の炸烈《さくれつ》する状況を目撃すらしているのだ。

捕鯨母船に乗りこんだなどと、威勢のいいことを言ってみても、このたびの私の出発は、どう考えても、余裕のある旅立ちには、似ていなかった。いのちからがら脱出し了《おお》せたといった方がふさわしかろう。狂気にならなかったのが、何よりも幸せというものだ。

私は、つい先頃まで、私の家に隠れていた坂口安吾氏のことを思い起した。

アドルム[19]を掌いっぱいにあおり、

「檀君。俺はまあだ、トンボガエリぐらいうてるんだよ」

そう言って、庭の芝生《しばふ》の傾斜の上を血まみれになりながら、ゴロゴロゴロゴロところげていた姿。

「三千代。三千代。ライスカレーを百人前」

奥さんをどなりながら、その芝生の上に、仕出し屋のライスカレーを、十皿《さら》も、二十皿も、並べさせていた姿。その横で、ようやく立ち上ったばかりの我家の次郎が、ライスカレーの皿数にビックリと目を瞠《みは》って、わけのわからぬ嘆声をあげていた。

「百人前と言ったら、百人前だ」

あんな、いたましい錯乱の状態がある。


私は臆病《おくびょう》に、捕鯨母船の自分の船室にとじこもったまま、東京のあれこれを考えて、ほとんど作業の現場に近付こうとはしなかった。

時おり、ポールド（船窓）を押しあけて、かすめては過ぎる海の色を俯瞰《ふかん》する。また時おり、（たいてい深夜だが）ブリッジの上にこっそりと登っていって、はてしのない波の反転を眺めやっている。

「なあに、南氷洋への航海ほど、らくな航海はありませんよ」

チーフオフィサーのK氏が言ってくれる言葉を、時にとって、ありがたい言葉に思いながら、黙ってうなずいているだけだ。

しかし、波は、同行のキャッチャーボートを思うさま翻弄《ほんろう》して、そのしぶきの中に呑まれながら、船は喘《あえ》ぎ走っている。

「でも、まあ、捕鯨っていうものは、貧乏国の仕事でしょうな。アメさんが飛行機でも持ってきたら、一遍で鯨の方は根絶やしになりますわい」

これもまた笑ってうなずく。

思いなしか、船の周囲を翔《と》び廻っている海鳥の色までが、変ってきたようだ。色彩が次第に薄れ、黒白の単純な羽をひろげているものが多くなってきた。

巨大な信天翁《あほうどり》の姿は変らないが、蝙蝠《こうもり》のように気ぜわしくヒラヒラと波の上をかすめ翔ぶ、黒白斑《まだ》らの海鳥は、あれは水凪鳥《みずなぎどり》であろうか。それとも、海燕《うみつばめ》であろうか。

時おり、真ッ白い鳩《はと》のような鳥も混ってきた。

ただ、ずんぐりとした、鷗《かもめ》のような鳥だけが、胸のあたりに、淡い茶褐色《ちゃかっしょく》を残しているだけだ。

「氷山はいつごろから見えますか？」

「もう、そろそろという所ですがな。檀さんが来たんで、勿体《もったい》をつけたかな……」

アハハ——と、K氏は笑っている。

ブリッジのあかりは、みんな消されているが、白夜の反照で、K氏のその薄い髭《ひげ》はよく見えた。

「さあ、やすまれんですか。氷山が見えたら、お報らせしますわい。のう、アプサン（見習生）」

アプサンは、ブリッジのガラス窓に頬をこすりつけるようにして、海を見やったまま、身じろぎもせず、

「ハア――」

と、うなずいてくれている。波はいつのまにか、大分静かになってきたようだ。

「じゃ、わしはそろそろワッチ(20)を交替しますからな」

三時の鐘と一緒に、K氏は船室の方に降りていった。

墨一色。相もかわらず漂蕩《ひょうとう》する波と空ばかりである。

ただ、行く手近い天際のあたりに、薄い白光がにじんでいる。もしや、オーロラかとも思ったが、それならば、一昨日、わざわざ私の船室まで呼びにきてくれたアプサンが、黙っていることはないはずだ。一昨日のオーロラは、時間にしても、五分足らずであった。

見ていた私の記憶が、心もとなくなるほどの、淡い、仄《ほの》かな光りものであった。かすかな、幽玄な光りの蜃気楼《しんきろう》であった。

それでも私は、はじめて南氷洋の洗礼を受けたように、心の鎮静を感じたものである。

私を起しにきたアプサンは、気の毒がって、

「これは孫ですよ。オーロラの孫ですよ」

と、言ってくれていた。しかし私は、魂のふるさとへでも帰ったように、敬虔《けいけん》に、そのかげろう、弱い光りものを拝み見た。

昔の人は「帰りナムイザ」(21)と、田園の方に帰っていった。私はといえば、荒廃した故国を捨てて、オーロラの下に帰ってゆくというのでもあろうか。


白夜の灰色の水の上を、ひとしきり、流氷が流れてすぎた。空に星の影は見あたらない。薄い朝霧でもかかっているのか、不透明な、その乳色の空の中から、突然、橙《だいだい》色に熟《う》れた扇形の光源が現われた。問うまでもなく、アプサンは双眼鏡を眼にあてて、

「月です」

と、言っている。

やがて、ものの五分もたたないうちに、その異様な月の影は、同じ乳色の空の中におちこんでいった。

相もかわらず、船の舳先《へさき》に翔び交《か》っているものは、くっきりと白十字の信天翁《あほうどり》と、ヒラヒラ気ぜわしい黒白斑らの水凪鳥《みずなぎどり》ばかりである。

それはもう、申し分なく静かであった。にぶい、不透明な、みどり色がかった流氷が、私の

長い半生のおろかな夢をでも曳《ひ》きずるふうに、あとからあとから湧《わ》いては流れていった。

それはのろのろと、音もなく打ち合って、舳先《へさき》から左右に別れてゆく。

私は身動きも何もしない。新しくよみがえった自分自身の、淋しすぎるほどの生命に耐えて、流れすぎる風物を、静かに心の外に流し去るのである。

ふしぎな、聴《き》きおぼえも何もないような軽やかな奏楽が、湧いては消えてゆくような気持がした。

この海面に、私の追った幾人かの少女たちをさらってきて、今、爽《さわ》やかに輪舞し、抱擁し、接吻《せっぷん》しても、誰一人拒みも、怪しみも、恥じらいも、後悔もしないだろう。

「するとあの、人間の棲息《せいそく》する岡の上にも、聴き洩《も》らした、幾つかのこのような透明な音楽がありはしなかったか？」

「囁《ささや》き洩らした、流れるままに軽薄な誘惑の言葉が、是認されていはしなかったか？」

とっさに「復活」の中の、ネフリュードフの、カチューシャ誘惑の場が浮かんできた。それとほとんど裏写しになって、ぼさぼさと藤《ふじ》の花の散りかかる林の蔭で、拒み、泣きじゃくっていた、十七歳のF子の姿が見えてきた。二十二三歳頃の、不吉で、拙劣な、私自身のぎこちない声が浮かんできた。

いや、蒲団の上に青ざめて坐りこんでしまっている、I子の姿が眼に浮かんだ。——あれは出発前、つい半年にも足りない出来事ではなかったか。

何もかも是認されていたというのに——この海面に湧いては消えている、泡沫《ほうまつ》のような生命のとりとめない一瞬にめぐりあって、私たちがキラメクほどの生き方をつくさないということがあるものか。

おそらく、愛という言葉は、今日、人間の中で、抹香《まっこう》くさく歪《ゆが》められてしまっている。

愛とは、自得した悲哀のうちに、抱擁し、寛容する生の肯定ではないか。

相変らず、音も何もない流氷は、ふしぎなさまざまな音律の幻覚を伴って、流れすぎている。

縹渺《ひょうびょう》——。そう、縹渺。

それらの風物にこたえながら、私の心の中に確実に湧き上ってきた静かな生の欲求を、かりそめの感傷に思いたくはない。刹那《せつな》的な、世紀末風の本能主義に、思われたくはない。

男女の愛の帰結に対する、当然で単純な生の自覚であると考えたい。すくなくとも、愛とはそれ以上のものではないだろう。そうして、また、まもなく、確実に滅びさるものだ。生命の滅びる日に——。

仄暗《ほの》い天と水との間に、その薄ら明っていた一条の細い長い帯は、少しずつ上の方にひろがっていった。帯の中に、血潮のような紅彩がにじんでゆく。

たちまち、思いもよらなかった左舷のあたりに、ポッカリと浮かび出した氷山があった。

「氷山です。今までガスの中に隠れていたんです」

アプサンは、双眼鏡をはずしながらそう言って、レーダーの方にコツコツと歩いてゆく。

しかし、私は立ちつくしたままだ。薄ぼんやりと見えていた氷山は、刻々とその全貌を現わしていった。

「五つ六つありますよ」

「ほう、五つ六つですか」

「いや、サーサーイース（南南東）の方角に、これは素晴らしい氷山群があるようですね。今見えている一番近い奴《やつ》が三浬《カイリ》(22)」

アプサンは、レーダーの中を覗《のぞ》きこんだままである。

なるほど、間近な氷山のそのうしろに、二つ、また三つ、新しい氷山の姿が浮び出してきた。私はとっさな感動を隠しでもするように、窓際に掛けられた双眼鏡を手にとって、ブリッジの翼の方に歩いてゆく。

視界はみるみるうちに拡がっていった。浮游《ふゆう》している氷山は、まるで、ゆっくりと彼らの歩調をとって、行進してくるようだ。この無垢の造型物に対しては、響きというよりは、むしろ限りない鎮静と安堵を感じた、と言った方がよいだろう。

私の半生のおろかな悔恨も、痴夢も、不信も、瞬時のうちに、その明確な明暗の襞《ひだ》の中に呑まれてゆく。ふたたび、類《たぐ》いまれな、かろやかな奏楽が湧きおこって、私の心身を包むふうである。すべての音調が、やさしい肯定の響きをばかり呟《つぶや》きながら、それぞれ谺《こだま》しあっているようだった。

その、えぐれて遠方の空を透かして見える数々の洞穴《どうけつ》。トキ色の朝焼けを浴びながら、澄みとおっているなめらかな水色の壁面。いや、神殿の円柱のようにそそり立った、洞穴と洞穴の間の巨大な柱。その天蓋《てんがい》から、水面すれすれまで裂け落ちている氷の谷。

それらのすべてに、朝の光りが刻々と移っていって、裾のあたり、しぶき上る波までが、手にとるようによく見えた。

淋しいと言ったら、この沸き立つほどの快活な運行の歩調を、誤り伝えることになるだろう。懐《なつ》かしいと言ったなら、この酷薄の表情を、語り誤ることになるだろう。

言いうることは、何の退歩もないということだ。風が磨《みが》くままに磨かれ、波浪が洗うがままに洗われ、安定した重量のあるもすそを潮水の中に垂《た》らしこみながら、ひっそりとゆらめきつづけているだけである。

その水際の風下のあたりに、胡麻《ごま》点のような夥《おびただ》しい鳥の影が見えた。ペンギンか？　私は、もどかしく双眼鏡の焦点を調節したが、今は何の鳥ともわからなかった。

私は相もかわらず、自分の船室の中にとじこもったきりで、持ちこんだ書籍のページをくりながら、動物の性の生態についてあれこれとなく読み耽《ふけ》っているだけだ。

ミミズの白鉢巻《しろはちまき》が、生殖器だとは知らなかった。また、雄雌どちらとでも交尾できるなどということは、知らなかった。彼らは特定の時間に、相手が雄ならば自分は雌らしくなり、相手が雌ならば自分は雄らしくなって交尾するという――。

私は白夜の船室の中に、ひとり笑い出しながら、そのおかしさがこらえきれなかった。

蛙《かえる》はまた、雄が雌におんぶされたまま、胎外授精をやるという。雄が、雌の泣きどころのボタンをでも、押すのだろう。すると、卵が胎外に流れ出して、その上にすばやく精液をふりかけるものらしい。

「ボタンを押す？　ほう、ボタン――」

しばらく気ちがいじみた哄笑《こうしょう》にうつっている。

が、間もなく笑いやんだ。長い不自然な禁欲生活が、いつのまにか、自分自身を狂気にさせているものに相違ない。

私は、I子やM子やT子たちに、快活なとりとめのない恋文とでもいったものを、書いてみようかと思い立った。M子は今、寡婦になって、諫早《いさはや》の近所で、二児を抱《かか》えて暮している。T子は、また江古田《えごた》の結核療養所にはいっている、と聞いていた。その時々に熱狂した女性達が、それぞれの流儀でバラバラに、平穏に、くらしているというのはよいことだ。

実は去年の暮のことだったが、私はバタやチーズやハムなどを抱えきれぬほど買いこんで、地図をたよりにT子の下宿を訪ねていったことがある。ドシャ降りの晩だった。徹夜の原稿を書き上げたあとで、手土産が持ちきれぬままに、B社の杉村君に半分抱えてもらって、とうとうその袋小路の奥のみすぼらしい下宿を訪ねあてた。

「まあ、おあいにくさまね。昨日、江古田の病院に移っていったばかりのとこなのよ」

下宿のおばさんは、私の抱えたたくさんの包装紙をジロジロと見下ろしながら、気の毒そうに言った。

けれども私は、病院の病室をまで、訪ねてゆこうとは思わない。慰めの言葉などは、苦手である。お見舞いなどは真平《まっぴら》だ。一緒に御馳走《ごちそう》をあけて、大はしゃぎに食べてみたかったまでだ。もしあの時、訪ねてやったなら、随分と喜んだことだろう。逢《あ》えればそれこそ十年ぶりの邂逅《かいこう》であったのに――。

ところが、私はといえば、クルリとあとがえって車を呼び、その土産を太郎と次郎に運んでいったばかりである。

私は、船室の中の少しばかり浮薄に塗装されたラッカー仕上げの卓子《テーブル》の上に久方ぶりに原稿用紙をひろげてみた。

かなりの動揺のようである。寝室の中に転がりつづけていれば、ほとんど感じられないローリングが、ペンを握ると相当のメマイを伴った動揺に思われる。

「恋文か？　ほーう恋文——」

私は鉛筆を持ち変えた。出発間際に二つ買ったケシゴムを卓上に揃えてみる。

それにしても、誰から真先きに書きはじめるか？　K子？　I子？　T子？　M子？　その時々の彼女らの肢態《したい》を、最も単純で無垢な、人間の始原の姿に見立てることはむずかしい。

いや、それよりも、何一つわずらわされることのない、無垢の恋情とでも言った恋文を快活に書きなぐってみることの方がよっぽどむずかしいことかもわからない。

私は書きはじめてはケシゴムで消していった。例の軽やかな、人間肯定の奏楽のような幻覚は相変らず、私の耳もとのあたりをかすめては過ぎている。

いつのまにか、それがモツァルトのバイオリンコンチェルトニ長調にまぎれていって、私は繰り返しケシゴムの肌を、静かに卓上に屈伸させているのである。

私は書くのをやめた。馬鹿馬鹿しい。それらの恋文が、思いがけない重苦しい妄想を相手方に与えるとしたら残念だ。

この、律動を伴った、軽薄で典雅な、人間是認の感傷にひたっている間際に、彼女らの女々《めめ》しい反応を一つ一つ思い起したのは不快であった。

すると、これが孤独という奴だ――。すると、この俺の身裡《みうち》に湧いてきた爽やかな退歩することのない奏楽は、一体どこに投げ棄てればよいと言うのだろう。

芸術？

私は生涯文章を書き耐えるほどの根気がない。それなら冒険旅行家にでもなった方がましだとさえ思っている。

この軽やかな奏楽の歩調に乗って、では、世界中を遍歴して廻るのか？　額に太い八の字の皺《しわ》をよせ、真黒に陽やけして、半狂乱――歩きつめ歩きつめ、さてつぶやく言葉が、「人間是認の軽やかな律動」か――。

自分の歩きつめている道化姿が見えてくるようだ。ようやく次つぎとバカバカしい可笑《おか》しさがこみあげてきて、しばらく笑いとまらぬのである。

恋文の方はやめにした。無責任な恋情だが、架空の恋文だと思われたくはない。いや、どの女も、あまりによく恋文に執着することを私はよく知っていた。私の恋文は、そのような重苦しい恋情をぬぎ去った、淋しい、快活な放埒《ほうらつ》とでもいった足どりを伝えてみたい一心だ。

それなら、安吾氏をスペインあたりに誘ってみる電文を認《したた》めた方が愉快である。私は頼信紙を取りだした。

ペルシヤマデフネデユキ」バクダッドヲクルマデヌケテ」チチユウカイヲアチコチシ」ス

ペインノオドリトトウギユウヲミニユカヌカ」カネ一〇〇マンノコウニハイリライハルマデニケツコウシタシ」

さて、本人の宛名《あてな》が皆目不明なことに気がついた。尾崎士郎氏や雑誌社などをわずらわせて廻送してもらうのは大袈裟《おおげさ》だ。

しかし、この旅は是非ともやってみたいものである。競輪を告発するよりは(23)、今の人間の生き方を全部告発するヨスガの旅に移りたい。自分をもひきくるめて、この四十年の間眺めすごしてきたおおよその人々には——息ぐるしい人間退化の様相をしか見なかった。

清《しん》末の中国のあやしげな小説にたしか「二十年目睹《もくと》怪現状」というような表題を記憶しているが、まったくもって、「四十年目睹怪現状」と我々の棲んできた、あの岡の上の人々の生き方の頽廃《たいはい》の状況を指摘してみてもよさそうだ。

ただそういう鬱陶《うっとう》しい、人々の心の下降の中に踏みとどまって、己れの魂の鍛冶《たんや》に専念しているような、わずかな芸術家達の沈着な面持が目に浮んだ。たとえば川端康成氏、またたとえば小林秀雄氏ら。

さてまた、現代の馬鹿馬鹿しい傾斜と頽廃に接弦しながら——半ば狂する以外に、これを匡《ただ》す術《すべ》が無いではないかとでも言いたげな——坂口安吾氏の表情が眼に浮かんだ。

「佯《いつわ》り棲んでみれば、ここもまた楽土サ」

と洒脱《しやだつ》な微笑に口もとをゆがめてでもいそうな、石川淳氏の白い総入れ歯までが、おもしろく眼に見えてくるのである。

すると、私の心の中にはやさしい鎮静の感情が湧いていった。思いがけない、人恋しさが——。

「檀さん。いますか？ 檀さん。いますか？」

ほとんど聞きとれないような低い声で、机の上の分厚いガラスの丸窓が叩《たた》かれていることに気がついた。

室内と室外の寒暖の差から、ポールト(24)のガラスは白く煙っているが、遠慮深く叩いているその人の爪先《つめさき》の形はよく見える。

「ああ、どなた？」

と私は急いで丸窓を引き開《あ》けた。

相も変らぬ白夜である。その白夜の中に、思いつめたようなアプサンの顔が見えていた。

「戸口の方に廻ったけど、御返辞が無いもんだから——」

「ああ、手紙を書いておりました」

何の手紙だ？ (無垢の恋文) だなぞと——と私は書きさしのすべてのたわけた、文章を読みとられでもしたように羞《は》じらった。

「鯨が見えておりますよ。左舷の、氷山の手前」

指さしている左手の軍手《ぐんて》が白く浮き上って見える。すると右手袋をわざわざはずして、ガラス窓をノックしていてくれたわけだ。この人の注意深い心づかいが、船の中で、今は、たったった一つの頼りのように思われる。

「ありがとう。すぐ行きます」

私は、急いで防寒帽と外套を身につけると通路の外に廻っていった。アプサンはコツコツとタラップを駆け上る。

ブリッジに立った。いつのまにか、船は漂泊に移っている。

これはまた奇ッ怪な、骨ばかりのようにササクレタ氷山の左舷の一キロばかり前方に浮んで見えた。誰の絵であったろう。ちょうどこんな、曝《さら》された骨のような、印象派風のドンキホーテの行進の複製画を見せられたことがあったような記憶がある。

しかし、今見るこの天然の見事な造型物は、清く痩《や》せてはいるが、その明暗の退歩することのない逞《たくま》しさ、陰翳《いんえい》のおどろくほどの奥深さに鎮まっていて、とうてい人工の絵画などは比較も何もならなかった。

その手前。おそらくここから百米《メートル》足らずだろう、フーッ、フーッと白濁の呼気が上っている。白夜の底に色を失った波のおもてに、三頭——いや五頭か——もつれ合うように、より添いながら、バタリバタリと長大な尾鰭《おひれ》を空にかえしている。

「座頭《ざとう》(25)です」

とアプサンは双眼鏡を私の手にさしのべた。生まれてはじめて、生きている鯨の姿という奴をのぞいてみるわけだ。彼らは一様に、円周を描いたり、逆立ったり、腹をかえしたり、時折また、まの抜けた巨《おお》きな口を、ポッカリと水面にもちあげる。

その都度、尾鰭の末端や、背や、頭から、流れ伝う潮水のしたたりや、その水の分れ下る有様までが、眼鏡の中に、面白いほどよく見てとれた。

波のうねりは相当に高かった。足もとがよろめくばかりに、船は十度以上かしいでいる。しかし、めくれたつような日頃の波頭は立ち昇らず、流氷の裳裾《もすそ》はユラユラと水に澄んで、青白くゆらめきつづけているのである。

アプサンは、またレーダをでも覗きにいったようだった。

たちまち、例の氷山が、真二つに裂けかかっていることに気がついた。右片が落ちかかって、大傾斜をはじめている。私は息をのんで、もどかしく眼鏡の調節のギザギザを繰ってみる。魚雷の直撃をでも浴びたような水柱がゆっくりと氷山の壁近く匐《は》い昇り、しばらく水しぶきが次つぎと伝播《でんぱ》していったのが、辛うじて見とどけられたほかは、何もかもたしかめ洩らしたような、やるせない心残りばかりつのっていった。

「あの氷山が割れましたよ。ほら、あの氷山」

「あの氷山が割れましたよ。ほら、あの氷山」

私は乳児が母を呼ぶように連呼するばかりで、駆けよってきたアプサンがもう一度眼鏡を眼にはめて、わずかに黙って肯《うなず》いてくれる以外は、広大なこの天地の空間の中に、答えてくれるもののまったく無い——見覚えのない寂寥《せきりよう》に呑まれてゆくのである。

私は、ようやく、何によらずはげしく自分の行動を開始したくなってきた。この見覚えのない気象の中で、自分の力を集約し、一点に燃焼させて見たくなってきた。それともあの鯨のように、ザンブリと、氷海の中に浮んでみるか？

しかし、わずかにベッドにこもって深くカーテンを垂らし、輾転《てんてん》と、眠りにくい、白夜に耐えるのである。

エンヤンサー　エンヤンサー
とデッキの上は夜通し、作業員らの肉曳きの長くて単調な掛け声が聞えている。それを聞いていると、やがてほどなく労働の文明の日が来るだろう——その労働を基調にした文明の日を謙虚に待ち焦がれてみたい——とそんな気持にもなっていった。

試みにポールトのカーテンを繰ってのぞき出してみると、甲板は血だらけの海である。白夜の仄《ほの》明りと、スポットライトの照射が、霧の中でほとんど均衡を得た釣《つ》り合《あ》いを見せていて、その中央に大きな白長須鯨が横たわり、八方から交錯するワイヤロープに、その皮が剝《は》ぎとられ、肉が曳き摺《ず》られ、蒸汽鋸《じょうきのこ》は唸《うな》りながら、骨をバラバラに切り刻んでいるのである。肉塊や、ウネや、舌が至るところに堆高《うずたか》く積み上げられ、手に手に薙刀《なぎなた》を持った作業員らは、太股《ふともも》まで深いゴム長を履いて、その鯨に乗り、肉をかきわけ、血しぶきの中を泳ぎ廻って、動いている。

絶えず去来する濃霧の中に、彼らの見事な影絵が浮彫りになり、やがて、まったく霧の中に埋没する。

私は再びカーテンを閉じて、ベッドの上に横たわる。輾転反側《てんてんはんそく》。枕もとの灯りをともし、スコット[26]の率いる最後の探検隊の記録に読み耽るのである。オーツとの訣別《けつべつ》間際のあたりが、感動的に美しい。三月七日の条《くだり》は、

Oates neary done;calm;fine;sun;bright

三月十五日。

Oates asks to be left.(Scott : no entry)

オーツはその翌日、足手まといになることをおそれ、烈風の中に姿を消して再び帰らないのであるが、スコットをはじめ、ウィルソン、バワーズ、と生き残った三人とも、二十九日には抱き合ったようにして、ついに氷雪につつまれながら死んでいる――。

私は本を閉じると、灯りを消した。カーテンの継目に、まだ、仄暗《ほのくら》い白夜の光がにじんでいるが、甲板の作業はいつのまにか終ったようである。幅のせまい寝台であった。それにしても暖かい。私はゆったりと足をのばし、私の生涯を貫く信条とならば、calm;fine;sun;bright;とまぶしいばかりの気象を、変りなく背筋に感じつづけながら、正しく生き正しく死んでみたいものであると、そう思った。

しかし、人間に生まれ合わせたという事実のまん中に、退くことなく、正しく生きてみるということは、これはむずかしい。それは絶望のようにむずかしいが、しかし、閉じている眼の中に、calm;fine;sun;bright;と、まぶしい照り明りの予感だけは、静かに仄明ってくるのである。

ようやく平穏な眠りが、頭の心のあたりに舞いこんできて、その羽毛をそっと脳髄の中一杯にひろげてくれようとするようだ。

その間際の瞬間に、

ヤーオー　　ヤーオー

と何か聞きなれない動物の声が生まれ出してきた。私は意識するともなく寝返りをうってみる。うつつとまぼろしの、一体どちら側から呼ばれた声であったろうかと、カーテンににじむ白夜の光をおぼろげに眼で探ると、

ヤーオー　ヤーオー

ともう一度、啼き声は同じようにいぶかしい響きの幅をもって聞えてきた。白光の底で、しわがれた声帯を、空に向ってふるわせるような、不思議な声である。

天彦《あまびこ》を呼ぶ(27)——とは譬《たと》えばこんな啼き声のことを言ったのではなかったろうか。私はしばらく、勝手にそんなふうに考えて見たかった。

また一しきり、例のうそぶくような白夜の底の啼き声はつづいている。

コツ　コツ

と今度は私の部屋がノックされる音がした。今時分、アプサンよりほかにはないはずだ。私は素早く電燈のスイッチを入れた。

「ペンギンです。今、ちょうど、流れパックの上に乗っています」

アプサンの声は、例のあやしい鳥の声を消すまいと、気づかってでもいるように、低かった。

「ありがとう。すぐ行きます」

実のところ、私はもう寝巻を着用に及んでいた。それでも、急いで洋服に着換えると、オーバーも持たずにアプサンの後ろから追ってゆく。

船にそって点々と、流れパックの帯が見えている。その右端のあたり、アプサンははっきりと指《さ》してみせたが、水面の中に、イルカの曳く波の影のような白い航跡が、一瞬、ゆらめき泳いで消えていっただけで、氷上に立ち上ったペンギンはどこにも、もうその姿を見せなかった。

「済みません。ほんの、今先までいたんですが、みんな水に降りちゃったようですね」

「何羽でした？」

「私は二羽だけ目撃しましたが――」

アプサンはそう言って、何度も双眼鏡をかけたりはずしたり、あきらめきれぬようだった。

その帯状の流氷の向うの空が、幾層もの不安定な朝焼けの色に染まっている。


ロス海の口が開いたという探鯨船の無電の報告が入ったのは、ちょうどそんな時期のことであったろう。

ロスの口が開くのは、必ずしも毎年のこととは決っていない。昨年も、一昨年も、湾口は固く閉ざされたままだった。

しかし、今年ははじめから開きそうな気配であると聞いていた。スコット島はおろか、バルニー諸島まで張り出して、南氷洋の海面を、隈《くま》なく蔽《おお》っていた氷原は、十二月、一月の暖かさに、二三百浬《カイリ》も後退をつづけているらしかった。

船団長の机上の海図に記入されている、アイスパックラインの青線は、報告のたびにロスの方に向って刻々訂正されつづけている。

その青線の位置を、毎日、たしかめにゆくことは、何とはなしに自分がその湾口から突入してゆける日までの日数を数えるようで、——さしあたりこれと言って仕事のない私にとっては、楽しい日課の一つに思えていた。

その、ロス海の口が落ちたと言う。もし、ロス海の中に入る船さえあれば、私は必ず、その船に乗せてもらえるものと思っていた。前々から船団長に、くれぐれもよろしく頼んでおいたからだ。

ところが、翌朝、

「急に八関丸をロスの中に入れてしまいましてね——」

船団長がちょっと言いにくそうに私を見ながら言葉を切り、

「あなたにも一緒に入ってもらいたかったんですけれど、何しろ、ちょうど八関が、開いた口の間際のところを走っていたものですから——。わざわざ引きかえさせるのも何だと思って——。その代りペンギンをたくさん土産に獲《と》って来させます」

船団長は慰め顔に言ってくれている。私は、実のところ、ガッカリした。

ペンギンは飼ってみたいが、しかしその、棲息《せいそく》する氷原の地帯から、これを自分で抱え取ってくるのでなかったら、何になろう。

私の中に湧いているあやしい物恋しさは、たとえば、鶏を飼ってまぎれるようなものとは違っていた。

この縹渺《ひょうびょう》たる天地の表情の間にわけ入って、さながらそのまん中から掬《すく》い取ったようないきものを今は抱きしめてみたい気持である。が、そんな我儘《わがまま》を口にするのはむずかしい。

「それで八関は、一体どこいらまで入るんですか?」

「さあ——。行けるところまで行ってよいかという問合わせが来ましたから、入れるところまで入ってみろと答えてやりました。ロスの氷堤の手前まで。ひょっとしたら、南緯七十七八度——」

船団長は、私の落胆に気付いたのか、眼を細めるようにして、言っている。

そいつはなおさらのことに残念だ。

私は平常から生涯に一度だけは、エルブス(28)の噴煙を眺めてみたいと思っていた。鯨湾の間際からそのエルブス火山の裾野まで、蜿蜒《えんえん》三〇〇浬《カイリ》にわたってなだれ出しているロスの大氷堤の突出の模様を見たかった。さらにまた、サウスビクトリヤランドの、黒い断崖《だんがい》の地肌と、その断崖の上にかむっている、千古の雪の色をまのあたりにしてみたかった。

わざわざ捕鯨船隊に乗り組んだのも、実は機会があれば、南極の大陸を望見して、いやでき得るなら大陸の白雪の上に一歩なりとも自分の足跡を印して、そのまん中に息づいているペンギンの温《あたた》か味《み》をこの手の中にシカと抱えてみたかった。

子供染みた好奇心だと笑われようと、自分の性情からつのってくる、不可解な物恋しさを消すわけにはゆかぬ。

おそらく私は子供がベソを掻《か》いた時のような仏頂面《ぶっちょうづら》になっていたに違いない。

「いや、ロスなら後でも入れますよ。今年はきっと両側からアイスパックが落ちこむから、そうしたら漁場はロスの中になりましょう。ボツボツ八関も、鯨を見はじめているようですから」

船団長は、もう一度、慰め顔に私に向ってそう言った。

私は夜更《よふ》けまで無電室に坐りこんで、八関丸の次つぎと送ってよこす情報を待つのである。

ロス海の中は、驚くほどの南極の凪《なぎ》模様のようだった。

「パックバラバラ。視界一杯。サウスビクトリヤランドが見えています。ペンギンボツボツ。

白長須三」

などという報告が無電の用紙に書き込まれるたびに、私にはとりかえしのつかぬような羨望《せんぼう》の気持が募ってくる。

「じゃ、檀さん。あんたはいっそフランスの気象観測隊にでも参加したらどうですか。何なら申し込んであげますよ」

無線の局長が、正月の鏡餅《かがみもち》の下に敷きこんだ大きな昆布《こんぶ》を噛《かじ》りながら、笑い笑い言っている。

「フランスの気象観測隊？」

「ええ、アデリーランドで、もう三年越しにずっと越年をしております」

「冬もですか？」

「冬もですとも——。毎日定時に気象の通報を受けているのはあそこからですよ」

これはまったくのところ、思いがけないことだった。人さまざま、それぞれに暮しの向きはあるだろう。しかしこの地上の果てのあたりで、黙々と、人間の任務についている少数の人々があるということを聞き知ったのは愉快である。

「じゃ、呼び出してみてもらえませんか？」

「ええ、いいですよ」

と局長は短波の発信機にスイッチを入れたようである。しばらく螢光燈《けいこうとう》が明滅して、静かな電鍵《でんけん》を叩く音がはじまった。

「まず隊長は誰で、何人の隊員がいるのでしょう？」

応答がはじまった模様である。それを局長が紙片の中にサラサラと鉛筆で書きはじめた。

French Expedition Corps.

1951 Expedition
Leader Michel Barre, 16 members

1952 Expedition
Leader Renie Garcia, 10 members
「交替はするわけですね?」

「そう、毎年交替はするようです」

「いつまで継続されますか?」

「一九五三年の一月までだと言っておりますよ」

「日本の文士を一人参加させてもらえませんでしょうか?」

局長は笑いながら肯いて、またしばらくキイを叩きつづけていたが、通信は次第に冗談にでもなったのであろう。愉快そうな微笑に移り、やがてキイの手をやめた。

「どうでした? 参加できますか?」

「ええ、いいそうです。ただしペンギンなみの待遇でよかったらということですが。どう? それから仏蘭西語《フランス》できますか?」

「いや、できません」

「どうれ――」

と局長はもう一度キイを断続的に叩きはじめたが、

「ペングリッシュじゃあなた、ペンギンだけでもほとほと手を焼いている始末だから、と言ってきておりますよ。十羽飼っているそうです。もっとも飼わなくったってあたり一面ペンギンの王国だそうですが――」先方からの応答は杜絶《とだ》えたようである。局長は打切りの合図をでもするのか、ツー、ツー、とだるくひっぱるような音信を繰り返していたが、受信機をはずす。「まあ船は退屈でしょうけれど、ここで、しばらく昆布をでも嚙《かじ》って我慢してもらうんですね」

局長はそう言って、昆布をさし出しながら、笑いまぎらわすのである。私も、よく乾ききったショッパイ昆布を、今はただパリパリと嚙る以外に、何の手だてもないわけだ。

私は部屋に帰ったが、何となく寝つかれなかった。仏蘭西の気象観測隊は、その氷雪に蔽われた大陸の上で、一体どのようなくらしざまをしているのであろう。

揺れつづける船室のベッドの上で私はとりとめもなくスコット探検隊の書物の頁をめくってみたが、その写真はどれもこれも、粗末な布製のテントのようである。

まさか越年するのに、こんなキャンバスのテントだけでは心細いだろう。氷を穿《うが》って、氷の壁をでも張りつめているのだろうか。

幸いにして今は真夏だ――七、八月頃の厳冬と、夜また夜の単調な冬のあけくれは、とうてい想像も何も及ばない。

しかし、そのような白雪の上に私も一度だけは暮らしてみたかった。ハネ釣瓶《つるべ》のように太陽が浮き上って、間もなくその氷原の果てに、ハネ釣瓶のように落ち込んでゆくだろう。

私は北満や東満で、零下三四十度の日に氷《こお》った雪の上を歩きつめたことを覚えているが、鼻孔の中が真先にパリパリと疼《うず》いてきて、やがて脳天のあたりをしたたか玄翁《げんのう》でたたかれたようになるものだ。それから猛烈な、形容も何もできにくいような、露骨な性欲に見舞われたこともある。

譬《たと》えば、ボタンをはずしてしまって、陰部を露呈しながら気違いのように歩き走って見ようとでも言うような――。

ハイラルのその一日は、きたない女の店に迷いこんで事なきを得たが、帰路の雪の道に、温感をまるで失ったような太陽が、ただシンシンと針のように照っているのはわびしかった。

だがこれも、零下六〇度を越える南極大陸の真冬の寂寞《せきばく》とは比較も何もならないだろう。

日本の船団と気象の通報を交《か》わし合ったり、そのついでに軽い冗談をとばしたりしてよこすのも、仏蘭西《フランス》気象観測隊員の底抜けの無聊《ぶりょう》を埋める手だての一つであるかもわからない。

昔、北欧の捕鯨船隊は、長途の旅行の性欲を緩和するために、雌羊を伴っていったものだそうである。かつ抱き、かつ喰《く》うわけである。

ただしこれは素朴な漁師の乗り組んでいる漁船のことだ。研究を目的とする、気象観測隊員の生活は、おそらく規律整然たる聖僧の毎日のようでもあるだろう。

それにしても、彼らがどのようにしてペンギンを集め、ペンギンを抱き、氷雪の天地の中で暮らしているか――その模様をかいま見たいような気持がした。きっとやり切れぬほどの物恋しさに臍《ほぞ》の緒を嚙《か》んでいるだろう。すると私はどういうわけともなく、安慶の飛行場で鴉《からす》を飼っていた野口准尉とその鴉のことを思い出した。退屈なシナ旅行の途次のことである。

猫ジャラシと犬蓼《いぬたで》の茫々《ぼうぼう》とそよぐ、荒れ果てた飛行場の片隅であった。枯れ葦《あし》を編み合わせて、粗末な鳥籠がつくられ、その中に一羽の鴉が飼われていた。井戸の雨よけの四本柱に結えつけられていて、風が吹くたびにユラユラユラユラと揺れていた。私は通りすがりの兵隊を呼びとめて聞いてみた。

「誰が飼っているの?」

「野口准尉でーす」

私はそれを聞くと、もうそれ以上何も問うてみたくない。寡黙な沈鬱な飛行士の顔をよく知っていたからだ。それでも時々、餌をやっている准尉の後ろ姿だけは、眺めやったことがある。

野口准尉はきまって、飛行前と飛行後に、ポンプの水を自分で汲《く》み出して、水口を横くわえに、浴びるように水を飲む癖があり、その水を飲んだ後で、大抵鴉をつついては遊んでいた。

が、ある日。B29の邀撃《ようげき》に飛び立ったまま帰らない。すぐ戦死だと確認された。私は真先に、その鳥籠を見廻りに行ってみたが、今さら餌をやってみようとは思わない。揺れている籠の中の鴉を黒く見て、それからポンプの水を飲んでみただけだ。とても飲めるような水ではなかった。揚子江のドブ泥が辛うじて漉《こ》されているだけのものである。

まもなく一人の兵隊が、その鴉を空に放ってやっているのを見届けた。鴉はしばらくケゲンそうに羽搏《はばた》いて、井戸の屋根にとまったが、やがてバタバタと河原の方に飛び立っていった。

私がキャッチャーボートのF一丸に乗り移ったのは、二月二日の朝のことである。

母船の甲板から巨大な竹籠で吊り上げられ、カメラ一つを後生大事に抱えこんで、グラリとかしぐ捕鯨船のアッパーブリッジに立った時には、それでも解き放たれたような爽快な律動感で、ひろびろと南氷洋の空と海を前後に見廻したことだった。

それはもう、申し分なく晴れていた。

水平線のあたりに、羊のような晴れ積雲が湧《わ》いては消え、湧いては消え、緩やかな消長を繰り返しつづけているようだ。

船は、私が乗り移ると同時に、母船から滑り出した。いそがしいディゼルエンジンの音があがっている。

行く手にあたって、見事な水色の氷河氷山が二つばかり浮んでいた。顔見知りの深井砲手が、一度だけアッパーブリッジの上に上ってきて、操舵手《そうだしゅ》に針路を示し、

「まあ、ごゆっくり。今日は素晴らしいですワ」

それだけ言うと、またトントンとタラップを降りてゆく。吹きさらしのアッパーブリッジの上は、私と二十歳前後のその若い操舵手だけである。

操舵手は、防寒帽の裾を耳の上までめくり上げていた。冷っこいが、くすぐるように軽い微風がある。その微風に操舵手の帽子の裾がヒラヒラとそよいでいた。

青年は大きな車輪型のハンドルを握ったまま、ほとんど何も喋らない。私もまた、防風板に肱《ひじ》をついて、行く手の氷山に見入っている。

遠くから見ると、一見、城のように見えるその氷山は近づくにつれて縦に際限のない裂け目があることに気がついた。いや、屹立《きつりつ》する何百本ものササクレタ氷柱を一束により合わせたようなものである。その壁面の清澄な水色の美しさは、かけがえがないように思われた。calm;fine;sun;bright;の例の極地間近の、稀有《けう》な陽光が、キラキラとあらゆる窪《くぼ》と亀裂《きれつ》にさし入って、氷山の姿と巧みに交錯しながら、たわむれつくしているふうである。

私はその威容を説明したいとは思わない。その軽やかさ――その舞っているほどの安らかさ――もどかしいが、その軽快な浮游《ふゆう》の状況を、ただ、私の平常の心の中に安定させ、さらに生きるようすがにもしてみたいと思ったまでである。

「美しいですね」

と私はようやく後ろの操舵手をふりかえった。

「ア。アン氷山ですな――」

と朴訥《ぼくとつ》な声が返ってくる。

「そうそう。あなた達は濠州のフリーマントルに行ってきたのではなかったの?」

私はＦ一丸がスクリューの修理に濠州へ行って帰ってきたばかりのことを思い出したから、訊《き》いてみた。

「ええ、見てきましたタイ」

と青年は肯いている。

「どうでした? よかったの?」

「西瓜《すいか》と葡萄《ぶどう》が眼の覚《さ》むるゴトありました」

クスリと青年が笑っている。その西瓜の色か味かを思い出したのであろう。今度は私が肯いた。

「パースにも出かけたの?」

「行きました」

「何してきた? 濠州の女を見た? 抱いた?」

「いいえ。草の上に寝とりましたタイ。ただじわーっと(じわりと)。金の無かもんじゃりけん」

私は自分の冒瀆《ぼうとく》な質問に気がさして、それから黙った。それにしてもよい天気だ。しばらくの間、氷山の上に湧き出す雲の面白さに見とれている。

まるで羽毛の微塵《みじん》のようなかすかな淡い白い点が、氷山の真上のあたりにチラリと浮く。それはすぐ消える。

が、またすぐ浮ぶ。浮んでは消え、浮んでは消え、しているうちに、運のいいシャボン玉のあんばいに、一つの羽毛のような雲が、見る見るうちにふくれ上っていって、姿よく氷山の真上のあたりに、フワフワと横にたなびくキヌガサになった。

私は飽きずに眺めやっている。造作も何もないものだ。この雲のあんばいに、我々人間も、かつ消え、かつ浮んでいるわけだろう。

次第に私自身が、まるで妖術《ようじゅつ》をでもつかっているようなおかしな気持になってきた。たとえば空の一点に、女の幻を念ずるだろう。するとその幻が一片の羽毛になって、チラリと浮く。ふくれ上る。I子、T子、M子らのそれぞれの足と腰が、さながら雲に化身して、次つぎとそのみだらな律動を繰り返していった。

造作も何もないものだ。この極洋に浮んでは消える雲のあんばいに、軽薄に愛し、この空を過ぎていって、はたして何の悪いことがあるだろう。

「スターボール（Starboard）[29]」

と思いがけない大声がマストの上の魚見櫓《うおみやぐら》から、ドナリつけるように湧きおこった。操舵手がはげしく舵《かじ》を右に切っている。船がグラリと傾斜した。

愚かな白日夢から、醒《さ》めるのである。

「どうしたの？」

「鯨ですターイ」

と青年はかえって不思議そうに答えている。私はあわてて左右を見廻してみたが、視界の中には何の鯨の影も見当らず、ただ遥《はる》か後ろの方に置き去りにした氷山の上の例の雲が、いつのまにか数限りもない同型の雲の中に、まぎれこんで散っていた。

やがて深井砲手が、アッパーブリッジの上にノッソリとあがってくる。双眼鏡を手にしたりはずしたり、もどかしげに防風板を叩いてみて、

「ホースビー（Full speed）」

エンジンの音がはげしく湧く。

船は胴揺りをするようにして、はてしのない波を切っている。

もう氷山も何も見えなかった。際限もない空と水ばかりである。砲手も操舵手も黙している。まるでこう、永遠の行程を走りつめている幽霊船にでも乗っているような不気味な幻覚にと

りつかれた。自分がFlying Dutchman(30)という伝説の船の乗組員であって、こうしてもう、何万年も、走りつめているような——。

いつのまにか空が翳《かげ》り、弱い薄ら陽が洩《も》れている。思いなしか、波が少しざわめき立ってきたようだ。吹雪《ふぶき》にでもならなければ幸いだ。

その波の行く手にあたって、ちょうどゴマをでも撒いたような夥《おびただ》しい鳥の影が、波の動揺と、際限もなく細かに、もつれ合っている。

「あれは何？　何の鳥ですか？」

「千鳥ですターイ」

砲手が眼鏡を手にあてたまま答えている。風は向い風になってきた。薄ら陽と、鉛色の空間があやしく交錯して、小さい捕鯨船は、もう相当なピッチングをはじめている。

私は先ほどからヒューヒュー、ヒューヒューという奇妙な啼《な》き声の断続するのを聞いていた。どうにも淋しくて、やり切れぬほどの声である。

「では、あれが千鳥の声ですか？」

「千鳥の声？　千鳥でもここの千鳥は啼かん奴じゃが——」

砲手は不思議そうに頭をかしげながらそう言ったが、相変らず、その奇妙な、魂をかきさらうような寂しい啼き声は続いている。

深井砲手は、ようやく一つ肯いた。微苦笑になり、

「ああ、あれな。トップの伝声管の口が風に鳴るとでしょタイ」

そう言って、大きな防寒手袋で、私の眼の前の伝声管の口を押えてみせると、なるほど例のいぶかしい啼き声はピッタリと止んだ。

千鳥の影は、しかし、波の反転の中にケシ粒のようにわびしく散っていて、やがてまた鳴りはじめたヒューヒュー、ヒューヒュー、というかきさらうような、不思議な音と重なり合いながら、私はいつまでも、自分の妄想《もうそう》が払えないのである。

これを、かりそめの妄想だと笑いたくはない。見渡す限り波の反転する空間の中に、四六時中放置されつづけていると、自分は生きているという何らかの傍証に縋《すが》らねば、片時も安堵がならなくなってくるものだ。

私は、千鳥の声を聞いていると信じながら、辛うじて自分自身をつなぎとめていた。

それが伝声管の蓋《ふた》を過ぎるラチもない風の響きであったのか——。すると、この漠々《ばくばく》たる空間の中に瞬時のうちに呑まれつくしてゆくような、おそろしい気持にのめりこんでいった。

が、その時。

「ほら、見ゆッでしょう？」

と突然、砲手が私を呼びさますように前方を指《さ》した。

薄紅い水天の境界のあたりに、ポーッと微《かす》かな一本の白煙が噴き上る。いや、二本、三本とつづけさまに、ふき上る白煙の数は増大していった。

「二三十頭の長須の群ですタイ」

と深井砲手は、ようやく唇《くちびる》をゆがめるようにして、私を顧《かえり》みながら、北叟笑《ほくそえ》んでいる。

たちまち、右舷すれすれに、大きな潮が噴き上った。それよりも、波の間に、にぶい鉛色の肌がポッカリと浮き上って、その背を流れ下るゆらめく青い水の色を見た時には、私は思わず大声をあげた。

「そこですよ。ほら——そこ」

「あれは座頭ですタイ。マルッキリ人間をエズガラン（怖《こわ》がらぬ）奴じゃん」

砲手は事もなげに言っている。

それにしても私は眼が醒めるようだった。彼らは波をひるがえし、揉《も》み合い、潮をゆらめかせながら、不恰好な長大な尾鰭《おひれ》を空に反して泳いでいる。

体と体をぶっつけ合って、その接触のたびにうずまきおこる波の文様までが、はっきりと見てとれる。こいつらが、ここに喰い、愛し、生きているというわけか——。何という単純で豊富なくらしざまだ。

船は、しかし、その座頭には眼もくれず、真一文字に波を切っている。

ようやく私にも、前方の長須鯨の潮噴きが、手に取るようにはっきりと見えてきた。さながら間歇泉《かんけつせん》が噴き上るようだ。五六本、たてつづけに、空に向って垂直な丈余の潮けむりを立てている。

その潮けむりが消え、また新しい潮けむりが、次つぎと、波の間に噴き上っていった。

砲手はちょっと私にふりかえるようにして、それから軽く肯いて、タラップを降りてゆく。やがて、砲台へさしわたされている狭い吊橋の歩道橋を、両手を手摺《てすり》にすべらせながら走っていった。

大砲の握把《あくは》をにぎりとる。それからトンと砲座の留め金を蹴りはずした。モリをつけた砲身を二三回左右に回転させている。

鯨は八頭並列のまま泳ぎ逃《のが》れようとするようだ。真白に水を切り、浮き上り、背と腰を海老《えび》のように折りまげて、また潮の中にもぐりこむ。

相当な早さに相違ない。しかし、図体が大きいから、その動作がもどかしいほどに緩慢に感じられる。

浮きあがって彎曲し、水面の中に潜《もぐ》り入るまでに、たっぷり三秒はかかりそうだ。その都度、フーッ、フーッとはげしい呼気をあげている。

その呼気の中に瞬時の虹が目覚ましいほどだった。

砲手は左右の手の指を一本にしたり、二本にしたりして、交互に揚げてはおろしている。

「ボール」

「スターボール」

「ハーフ・スピー」

「ホー・スピー」

たちまち、全速力で、船は鯨群のまん中に乗りこんだ。

鉛色の、にぶく光る、その巨大な背が、のたうつようにくねっている。はち切れるほどの胴《どう》周《まわ》りだ。まっしぐらに水尾《みおひ》を曳いて、ちょうど平泳ぎのように水にくぐり、水をかきわけては浮び上る。

すさまじい呼気だ。とび上るようにしてもがき逃げる。その波の抵抗が、不憫《ふびん》にすら感じられるほどだ。時折り、大き過ぎる口を、力尽きたようにあどけなくポッカリと開く、河馬の鼻のような鼻孔が後ろ向きに開閉して、フーッ、フーッと例の呼気が空にあがる。

なぜ、散開しようとしないのであろう。相変らず胴と胴をぶっつけ合うようにより添って、いたずらに逃げまどっているだけだ。左に逃げ、右に逃げる。が、隊列は崩《くず》さない。

「スロー」

と操舵手の大声が湧いた。鯨の群が、船首を、左から右に次つぎと横切っているようだ。

その一番手前の鯨。

大きく上体を波の上に露呈して、一生懸命にもぐりこもうと背と腰を彎曲させている。しかし大き過ぎるその胴体が、もどかしく、かくれ切らぬのである。二十間とは離れていまい。

まったく眼を蔽いたくなるような一瞬であった。

間髪を入れず、ズドンと砲声が上る。ロープを引き摺ったモリが空間を稲妻のように泳いでいって、鯨のそのにぶい胴体が不吉にゆがむ。モリは確実に鯨の体内にのめりこんでいったようだ。

鯨群は一斉に大潜水に移っている。きなくさい硝煙がしばらく砲手の周囲に立ち迷って、船のエンジンは停止する。

あとはもう海空寂寞。ただ、カラカラ、カラカラと、ロープをくれている滑車の音が単調な哀音をたてつづけているだけだ。

砲台では、船員らが黙々と第二弾のモリを砲身の中にこめている。

砲手は、両手を腰の後ろに静かに組んで、ひっそりと水の底をのぞきこんでいる。いつまでも――いつまでも――。

この無言の行の姿のままで、誰も彼もが永遠の呪縛《じゆばく》に閉ざされてしまったような、とめどのない虚脱感に見舞われる。

やがて砲手の右手が、はっきりと空の中に挙げられた。船全体がようやく呪縛からときほぐされて蘇ったような感じである。

見たまえ。二百米ばかりの右舷のはずれに、ポッカリとモリをうたれた鯨が浮び上った。今度は、ロープが逆にカラカラと滑車に巻きよせられている。

鯨はまだ、潮を空に噴いていた。が、真赤な血潮だ。その血潮を噴く鯨が、百、五十、とロープに手《た》ぐりよせられて、やってくる。

フーッ、フーッと断末魔の呼気があがっていた。その血潮も、一丈が五尺になり、三尺になり、一尺になって、間もなく背筋から両側にタラタラと流れ下る。波の色がそのあたり、一面に黄濁するのである。

それでも鯨はまだ、蛙がとび上るような、あのもどかしい平泳ぎの動作をやめていない。背と腰を大きく彎曲《わんきょく》させ、もがき逃れようと喘《あえ》いでいる。

再び第二弾が発射された。

鯨は最後の力をしぼって、ロープを引きずりながら潜水に移っている。カラカラとまた一しきり、弱々しい滑車の回転の音が響いてくる。やがて、その音が、力尽きたようにきしみ終って、まもなくひっそりと停止した。

それっ切り。

腰をかがめて、海の底をいつまでものぞき込んでいた深井砲手が、私の方をふりかえって微かに笑う。それから両手を合わせ、その両手を右の頬にくっつけて、首をかしげながら、やさしいネンネの真似をしてみせた。まるでこう、

「鯨さんよ。安らかに、眠れ……」

とでも海に向ってつぶやいているようだ。

私も舷側に歩きよると、そっと海の底をのぞき込んでみたが、ユラユラと透《す》き徹《とお》った波の中に、鯨は青白い横腹を見せながら、斜めになってゆらいでいた。

まだ幽《かす》かに、手羽だけは痙攣《けいれん》を繰り返していたが、それもやがて、力無く波にひろげる。細っそりとした目尻《めじり》の皺《しわ》と、その長大な口もとだけが、あどけない、まるっきりの赤ん坊の口に見えた。

鯨は、船側に抱きとって、エアを入れてしまうと、もうすっかり相貌《そうぼう》が一変する。無用にふくらまし過ぎたオシンコ細工を見るようなあんばいだ。

F一丸はこの日は全部で六頭を仕止めている。波は次第に高くなっていた。喉はカラカラに渇き切って、私は、よろけ、倒れそうになりながら、それでもアッパーブリッジの吹きさらしの防風板にへばりついてはなれなかった。

その翌日は四頭だったと記憶するが、ロープ切れが二度もあって、頭にモリのカンザシを挿《さ》

したような血みどろの鯨を、追いに追ったのは、まったくもって凄惨《せいさん》を通り越していた。

私は深井砲手と、夕食の時に、少しばかりのウイスキーをあけたが、深井砲手は妙にシンミリと滅入《めい》りこむような話しぶりであった。

鉄砲ヤ（砲手）はどうせ碌《ろく》な往生はとげられないとか、誰々はどうして死んだとか、思い出し、思い出し、ボソボソと、話は際限もなく、暗く一ところに落ち込んでゆくばかりで、聴き手の私の方はと言えば、もうまったく体力を枯渇しつくしてしまっているから、申しわけに時折り肯いてだけはいるが、何となく甘く、ダルイ、少年時の恋の幻想のようなものが、後先もなく眼のあたりにちらついてきて、その幻想になぶられながら、砲手の音調にだけ聴き入っているのが、奇妙ななつかしさであったことを覚えている。

天候は二日目から崩れはじめた。例の縦横十文字に舞い狂う猛烈な吹雪になり、吹雪がおさまるとガスになった。気温は刻々と降っている。零下十度をはるかに越えているに相違ない。

ウネリと波が交錯して、キャッチャーボートは三十度近くかしいでいる。船に馴れるということは、また結局麻痺するということだろう。すべての思考力が遮断《しやだん》されて、暗中模索――私は自分に与えられている林檎《りんご》の皮を剝《は》ぎとる術を、どうしても思いつかなかったほどだ。

それでも、都合十六頭の鯨が仕止められるのを、いちいちたんねんにアッパーブリッジまでたしかめに行ったのは、自分の生きている任務を、かりに鯨の捕獲の実見に限ろうとでも思いこんでいたのであったろうか。

それとも、あの大模様の美しい死に顔を一つ一つたしかめ直してみたい、気持でもあったろうか。

鯨の死に顔は、間のびがしていて、巨大な能面を水中に俯瞰《ふかん》するように、ゆらめきながら例外なく、美しかったが、それを追い索《もと》める砲手の側は、零下の潮水を容赦なく顔に浴び、眼は泣きはらしたように充血して、額から頰のあたり、ソバカスのような夥《おびただ》しい斑点《はんてん》の凍傷をおこしていた。

船はマストの頂上からロープのはしばしに至るまで、かぶった波しぶきが一夜のうちに凍結して、真白の雪達磨《ゆきだるま》に変り、大きなツララが至るところに垂れ下った。

私はもう疲れ切っていた。ヨロヨロと便所の階段を匐《は》い上り、その汚い壁にもたれよって体の平衡を支えながら、いつまでもしゃがみこんだままでいた。

便通も何も無かった。

ただ、この狭い矩形《くけい》の一区劃《くかく》の中の、人間のはかない営みの思い出に、今は、辛うじて縋《すが》ってでもいるようであった。

眼の中には、ゆらめく能面のような、巨大な鯨の死に顔が、際限もなく、ひろがり、ゆすれつづけていた。

このまま自分自身が化石してしまっても、何の不思議でもないだろう。思うに生命というものに対する自覚や愛着は、それを保育するに足る充分に恵まれた人間の環境の中にしか持続し得ないものに相違ない。

眼は閉じたままだった。

尻の下に、水洗の潮水の音が機械的に湧いては消えていた。虚脱しているというよりも、私の体内に、人間と別様の組織が充填されてしまっているようであった。

その私を呼び醒ますように、

ヤーオ、ヤーオ

と、例のうそぶくようなイキモノの声が湧き出した。

私は身顫《みぶる》いするようにして覚醒した。よろけながら立ち上って、窓枠にしがみつき、ポールドの外を眺め渡した。

相も変らぬ白夜である。白夜の氷山が目と鼻の先に幽霊のようにそそり立っていた。その大氷塊は、明暗と濃淡の静粛な諧調《かいちょう》を描きながら、折からのガスの中に、幅の広い襞《ひだ》を垂らしてとろけこんでいた。

氷山の左方一帯はアイスパックのようである。

ヤーオ、ヤーオ

と、その幽かな低い声は続いている。

私はとっさな物恋しさにいたたまれず、「ああ、これであった。私が、今抱きとめてみたいのはこれであった」と、もどかしくポールドを押しあけて、その氷原のあたり一帯を探し求めたが、仄暗《ほのくら》い白夜の底の氷原は、霧と灰色の雪の中におぼろげな帯のようにたれこめているばかりで、それらしいモノの影は見当らず、流氷が音もなく、暗い波の上を流れ過ぎていた。

私が母船に帰りついたのは二月七日。時化《しけ》模様の名残りが去らず、母船と捕鯨船が舷側をスラせぬ(接舷できぬ)から、一度大発に移り、大発から、大籠で吊り上げられた。午前一時半である。耐えきれぬほど寒かった。白夜ににじむ母船の窓の燈火が、あたかも港の灯のように感傷的に見渡された。それよりも二万噸《トン》の甲板が、大地のようにたのもしく踏みごたえが感じられて、久方ぶりに鯨の解体作業現場を、眺め廻すのである。

しかし、母船の甲板はスポットライトの照射の中に相も変らず、流血淋漓《りゅうけつりんり》、血シブキと脂肪と肉塊と骨が地獄絵図のようにドギつくテラテラと黒光りし、その巨大な内臓が湯ケムリをあげながらブルブルとのたうって、蒸汽鋸《じょうきのこ》は鈍い唸《うな》り声をあげながら、腭骨《がっこつ》や脊椎骨《せきついこつ》を挽き刻んでいる。

私はそれらのワイヤーロープや、肉塊を注意深くよけながら、烈風のタラップを登り、よろけるようにして自分の部屋に辿りついた。

防寒具を脱ぎ捨てるだけの気力も無い。そのままソファの上にゴロリところげた。

「人間という動物は、わずかにこれだけのものだ——」

今さらのように私達の狭い棲息《せいそく》の限界とでも言ったものを感じながら、私はころげたまま、暖房の蒸汽の音が鳴っているのだけを、心地よく、背筋のあたりいっぱいに聞いている。

ボーイが紅茶を運んで入ってきたようだ。が、起き上って飲むのすら億劫《おっくう》だ。早くあの岡の上の人間の真ン中に帰りついてみたかった。

ボーイは一度出ていったが、また思い出したように後がえってくると、

「そうそう、檀さん。昨夜ペンギンが来てますよ」

「何、ペンギン?」

と私は胸がしめつけられるような素早い衝動を感じて起き上った。

「それも九羽ですよ。明日から、檀さんも大変ですな」

「どこへ来た? 誰が持ってきたの?」

「すぐこの窓下のサロンデッキです。あそこが涼しくていいでしょう。八関がロスから持ってきた土産《みやげ》です」

ボーイは私の反応をたしかめると、揉み手をしながら笑い寄ってきた。

「今すぐ御覧になりますか？」

もちろんのことである。ボーイの後ろから続いていった。向い風の扉を押しあけて、通路からデッキに出る。

舷側のデッキの隅《すみ》に、高さ三尺、方五尺ばかりの粗末な木枠が、手摺にくっつけて据えられてあった。おそらく塩蔵用の桶《おけ》でもあるのだろう。

はげしく吹きつける烈風だ。仄暗《ほのくら》い。その烈風の中に九羽のペンギンが揉み合うようにして、こもごも、嘴《くちばし》を空につき上げながら、ざわめき立っていた。ボウボウと羽毛を吹きわけられている。

私が試みに手をさしのべてみると、一斉に羽搏《はばた》いて、
ギャッ　ギャッ
と動揺に移る。聞き覚えも何もない声だった。私は不安を感じた。この異形の鳥類の対処に関して、私にいかなる知識があるであろうか？

まずこの烈風だ。羽毛がことごとく逆立って、白く毛根をふきわけられている。

「寒過ぎやしないかな？」

「まさか――。南極の鳥ですよ。船の熱で、ぬくすぎるんじゃないかと言っているくらいです」

そんなものかも知れなかった。それにしても不安であった。餌《え》づけに至るまでの大抵の小鳥の落鳥の原因が温度の均衡を失うことだからである。私は素早く、私が飼育した五位鷺《ごいさぎ》、雉子《きじ》、鶯《うぐいす》、イスカなどの乏しい記憶を次つぎと召喚してみて、一人脅《おび》えたが、あれは温暖な岡の上の鳥類だ。

「餌はどうしたの?」

「檀さんが帰るまでだと言って、司厨長《しちゆうちよう》が嘴を割って鯨の肉をやったはずですよ」

私は肯いた。何の異存もあるはずがない。この新しい鳥類に関して、皆目、意見というものの持ち合わせが無いからだ。

それに寒かった。自分の体を支えるのが危ないほどの、凛烈《りんれつ》な南風だ。極地から張り出している高気圧のせいにちがいない。

私は、もう一度、ザワめくペンギンの羽毛の色を、白夜の薄ら明りの中に頼りなくすかし見て、それから自分の部屋に這々《ほうほう》の体《てい》で引き返した。

揺れている捕鯨船の酩酊《めいてい》が抜けきらない。六日間の便秘と不眠で、体中がひからびはてたようだった。まったくのところ疲れ切っていた。

私はウイスキーを抜きだして、コップでグイグイとあおっている。

ペンギンのことも猛烈に気にはかかったが、しかし、さしあたって、私に何がやってやれるというのだろう。簡単な小鳥のつもりで、ついうかうかとその飼育なぞを引き受けてしまったのは、かえすがえすも残念なことである。

見覚えも何もないイキモノだ。汚染されたことのない天来の霊鳥が、かりに我が手の中に舞い落ちてきたようなものである。だが引き受けたことは仕方がない。今夜はグッスリと熟睡して、白夜が明けたらトクと観察してやろう。自然に新しい対処法を考えつくかもわからないではないか。

疲れているのに、興奮のせいか、いつまでもウイスキーの酔いは廻らなかった。

鯨の大き過ぎる死に顔が、また一しきり、さまざまの角度から、重なり合って浮んで見えた。鯨、人間、ペンギンと、この三つの不可思議なイキモノの性情を、それぞれに対比しながら、そのはかない可能の限界を考え合わせて飲んでいると、妙に兇暴《きようぼう》な発作に見舞われる。ドミトリイとグルシェンカ(31)。あんなあわれな底抜けの遊蕩《ゆうとう》がしてみたい。よし、今度こそ、I子を騙《だま》して、北海道あたりまで逃げ出してやるか——。

酔いが急激に廻ってきた。

眠れそうだ。私はオーバーだけを脱ぎ、ソファに立ち上って、ポールドのガラスの曇りを拭《ぬぐ》い取った。ペンギンの模様をもう一度かいま見たいのだ。

水天の境のあたりが、薄クレナイに明りかけているが、船側はまだ暗い。例の木枠の中のペンギンは、ころげて眠りこんでしまってでもいるのか、ただ一羽だけ、相変らず、極地の風に茫々《ぼうぼう》と吹き分けられて立っているのが見えた。

寝過した。正午のドラでやっと眼が醒めたほどである。私は急いで、濡《ぬ》れタオルで顔を拭い、上着をつっかけると、サロンの中に入っていった。

「やあ——、どうでした?」

と船団長が笑っている。

「時化《しけ》られました」

「一日だけは保証したでしょう。でも、少しは時化の見学もしといてもらわんとナ。時にペンギンは……」

一斉にサロンの人々の視線が私の方に向って集まった。誰からともなく、それがおかしな笑い声に崩れてゆく。

昨夜のボーイが私の皿の中に料理を盛りながら、

「檀さん。ペンギンがみんな死にましたよ」

微苦笑になっている。

「ペンギン?」

と私はしばらく諒解《りょうかい》に苦しんだ。みんなの笑い声から、反射的にきっとかつがれているのだとそう思った。

「まさか——?」

「おや、まだ御覧にならなかったんですか?」

と私の向い側の修繕課長が、不審そうに顔を上げた。

「いや、見るのは見ましたが——」

「可哀想《かわいそう》なことをしちゃいました」

「ほんとに死んだんですか?」

今度は私の方が真顔になると、課長はいよいよいぶかしそうに、

「残った一羽も、あれじゃ、危ないようですね——」

私は立ち上った。黙って食堂を飛び出した。そのままサロンデッキのドアを排《お》す。吹きつける相も変らぬ烈風だ。デッキがツルツルに凍っている。木枠のところまで走っていった。

私がF一丸から母船に辿りついたのは午前一時半のはずだった。あの時まで、揉み合いへし合いしながら騒ぎ立っていた九羽のペンギンは、今、たった一羽になっている。

その一羽もふくれ上り、観念の眼を閉じたように前ノメリに倒れていた。何となく「……捨

児に秋の風いかに……」とでも呼びかけてみたいほどの哀れさだ。

烈風は相も変らずその毛根までを白く吹きあおって、木枠の隅々にはサラサラの粉雪がへばりついていた。

私はとっさにこの風だと思いたかった。目白や頬白や四十雀《しじゅうから》は、極端に風を怖がるものである。温度の激変はほとんど致命的だ。彼らは平常、葉々の蔭、藪の間に身をひそめて、本能的に自温を調節しているもののようである。ことさらこれを人工的に飼い馴らす時に、風ほど恐れなければならぬものはほかに無いだろう。

南極の鳥にしたってきっと同じことのはずだ。零下何十度と言ってみても、彼らは案外にアイスパックの窪を選び、羽毛を正しくカイツクロって、巧みな保温の道を講じているに相違ない。

急激な断定は危険だが、しかしこのペンギンをムザムザ殺してしまいたくはない。このままだと遅かれ早かれ八羽のペンギンの死の後を追うだけのことにきまっている。

私は自分の部屋に移して見ようとそう思った。

試みに木枠の中へ飛び込んで、かがみこむと、ペンギンの方へ私の手を伸ばしてみた。ペンギンは急にその眼をカッと見開いて、立ち上り両羽でバタバタと私の手をあおる。叩こうとでもするようだ。が、やがてまた、力なく身をこごめてふくれ上った。

「どうかされますか？」

司厨長が、いつのまにか木枠の側にやってきて、気づかわしげに覗《のぞ》きこんでいる。

「僕の部屋に移して見ようと思うんだけれど……。この風じゃ、いくらペンギンだってたまらないでしょう？」

「風当りが強いですからね。でも、部屋ですか？　大丈夫でしょうかな？」

「自信はないけど。――でも、このままでは死んじゃうよ」

「昨晩嘴《くちばし》を割って餌をやった時までは、まだかなり元気だったんですけれど――。バタバタと行っちゃいましたね。死んだ奴はみんな塩蔵にしときました。剥製《はくせい》ぐらいにはなりますからね」

「餌はどのくらい、やってみたの？」

「さあ！　鯨を二三片ずつでしたかね。あれが悪かったわけでしょうか？」

「そんなことは無いでしょう。消化不良ぐらいのことで、半日足らずにバタバタと、八羽は死なないはずだと思うけど――。とにかく、僕の部屋に移して見ますからね」

私は思い切ってペンギンを後ろから抱き取った。温《あたた》かい。ちょうど鶏ぐらいの重さである。

空の中を左右の肢指《しし》で交互に足掻《あが》いて、もがきのがれようとするようだ。両羽で、私の手をしきりに叩く。

しかし、こうして野生の鳥を両手の中にしっかりと抱き取るのは、少年の時以来、何年目のことだろう。私はとっさな奇ッ怪な、感傷が押え切れぬのである。

これやこれ、氷海の上をさまよう、南極のペンギン鳥だ。夜な夜な、私の夢枕にまで忍びこんできたいぶかしい啼《な》き声の主は、ほかならぬこの鳥であったか、と私は、その体温をなつかしむのである。

司厨長が先に立って通路の扉を開け、私の部屋の扉を開いてくれる。後ろの扉が閉されたのをたしかめると、私はおもむろに両手の中のペンギン鳥を、床のリノリウムの上に手放した。

寒暖計を見る。二十三度だ。

私は素早く、スチームのハンドルを廻して蒸汽を完全に閉鎖した。三つの丸窓を全部開く。電燈を消して、緑色のカーテンを垂らす。

仄《ほの》暗い。私は皮ジャンパーの上に、防寒外套《がいとう》を重ねて着た。

寒暖計はみるみるうちに下ってゆく。六度である。私の部屋はサロンデッキから直に海に臨んでいるが、片側の隣室と、上と下の部屋のぬくもりは、これを何としても遮《さえぎ》れない。

南氷洋上の真夏の気温は、大体において平均零度のようである。海水もまた零度。

私がここに来て遭遇した最高の気温が七度であり、最低は十何度かに降ったが、鳥類を人工的に飼育する時には、いくらか高めのつもりにしておいた方が無難のようである。これもまた少年時の、古い、おぼろげな経験だ。

もしペンギンに私の少年時の経験があてはまるなら、平均の零度から五六度上廻った気温を持続してやるのが、かえって飼育に一番適当しているだろう。今の室温は六度だから、決して悪かろうはずはない。

そう思って、何度も自分自身を納得させてみたが、募《つの》ってくる故の知れぬ不安の気持は消せなかった。

何しろ、相手のペンギンの本当の生態については、何一つ知ることがない。知っているのはアイスパックのほとりを泳いで、水中の沖アミを捕《と》って喰《く》うているということだけだ。では、冬は一体どうするのであろう。冬眠をでもするわけか？　それとも、張り出してくるアイスパックと一緒に北辺に移動して、相変らず水際《みずぎわ》に棲みながら、沖アミを喰うのか？

私はしばらくそう、考えて見たかった。しかし、その本当のくらしざま――その越年の模様――すべてかりそめの妄想に縋《すが》っているだけで、氷雪の上を彷徨《ほうこう》する神仙《しんせん》にでも対するような、子供じみた畏怖《いふ》と驚嘆の気持の方が、先に立っている。

薄暗いせいか、当のペンギンは次第に落ち着きをとり戻《もど》してきたような感じである。ツクネンとして瞑目したまま立っている。

私は昼食をはずしたから、船内で配給になったビスケットを噛《かじ》りながら、ソファに腰をおろして、彼女（雌であってみればの話だが）の一挙一動を見守った。

彼女は時々よろけては長い尻尾の羽先で、体の均衡を支え直す。その尻尾を、また時折り浮かせては、左右にゆすぶる。

それはよいとして、二十分に一度ずつぐらい、その尻尾を浮かせたはずみに、ピュッと鵞《が》鳥《ちょう》なみの粘液便を、後ろに向って放射させる。これには私も閉口した。その都度、拭い取らねばならぬわけである。

脱糞《だつぷん》の清掃の時は仕方がないが、私はなるべく彼女に近付かないように注意した。

いつまで私達の同居が続き得るものかはわからないが、同居生活を持続させる秘訣は、相手をあまり意識しないことだ――。

ところで、これは私の側の方だけにあてはまる事柄で、彼女の方にはあまり意味がないらしいということに、私はだんだんと気がついていった。

彼女はツクネンとして立っている。環境の激変に呆然《ぼうぜん》と痴《し》れ切ってはいるが、私のことなぞまったく念頭には無いようだ。私が立ち上り、彼女の脱糞の清掃のために尻の後ろに廻ってゆく時にだけ、不快な眼で私を見上げ、両手を前に合わせるように羽搏《はばた》いて、一二歩ヒョロヒョロと前進する。私が坐れば、彼女はまたツクネンと化石したままである。

私は何時間も、机にもたれたまま、我慢をした。彼女の意識から、まったく消え失《う》せてしまいたいと念願したからだ。

が、見たまえ。私を有頂天にさせたのは、彼女が化粧をはじめたことである。まず片羽をひろげ、腋《わき》の下に嘴《くちばし》をつっこんで、しきりに羽毛を櫛《くし》けずりはじめたではないか。次に羽。次に腹。次に脚《あし》。その都度、尻尾の真中に一本つき出した心棒のような太い羽の根をくわえるが、ここに脂肪の腺《せん》でも開いているものにちがいない。最後にのび上らんばかりに直立して、彼女の首をコの字なりに曲げ、その喉頸《のどくび》から胸のあたりの羽毛を一心不乱に掻きなでる。

尻尾でつっぱってはいるようだが、もともと不自然な体形だから、前にヨロヨロ、後ろにヨロヨロ、可愛い限りの御愛嬌《ごあいきよう》だ。

夕食のドラが鳴っている。私はペンギンの化粧を中断させるのが惜しまれて、サロンの食事には立たなかった。

彼女の体力は急速に恢復《かいふく》しつづけているようである。思うに養育の快感というものは、人為人工の枠の中で、天然の成育に類似の効果を挙げ得ると誇示してみたい人間の虚栄心かもわからない。その枠は突飛なほど、面白いわけだろう。

しかし、この極端な気象の中の私とペンギンでは、一体どちらが相手を囲っているのかいぶかしくなってくるような時間すらあった。三つのポールドを開放したままだから、左舷から烈風が吹き入ってくると、もちろん私の部屋は零下になる。

まさか私が凍死する気遣《きづか》いもなかろうが、その底冷えのする寒気はジッとしておれないほどである。それに第一、私は何をしておればよいというのだろう。

しばらく電燈はつけて見たくない。

私は毛のシャツを何枚も着こみ、ベッドの中にもぐりこんで、ビスケットを噛りながら、黙って彼女の動作を見守っているが、時に、ペンギンから私が飼育され、見守られているような、おかしな気持にすらなってゆく。

私の吐く息が、白夜に仄明《ほのあか》っている部屋の中で、真白に凍えて見えた。

この時。私の心の中に湧《わ》き出した、こみあげてくるようなおかしさを、どのように語ってみたらよいだろう？

それはまず、私自身を透視して見ているような不思議なおかしさからはじまった。私という動物は、一体何を目論《もくろ》んで、この他愛のない妄動を繰り返しているのだろう？ 鯨を追い、鯨の死に顔を一つ一つのぞきこみ……ペンギンを抱き、そのペンギンに自分の部屋を提供し……半分凍えたようになりながら、息をひそめて相手方の反応をたしかめている。

実験か？ 莫迦莫迦《ばかばか》しい。愛情か？ トンデモハップン。軽薄な好奇心？ ややそれに近い人間特有のムラ気と、放埒《ほうらつ》と、しかし、どこぞに真情を見出したがる奇ッ怪な魔性によるものであるだろう。

おかしさは次第に増大して、まるでこう……永い時間の奔流の中に、自分自身の道化た軽さが、自由自在に透視できてくるような、流動感のある幻覚にのまれていった。

やがて、その幻覚は、いつのまにか、私の道化姿から、普遍的な人間の生態の透視画に切り変って、この二本の足で立ち上ったメザマシイ動物の、さまざまな愚行、ドンラン、軽薄、好奇、淫蕩《いんとう》、はかなさ……の見事に集約された透明なシルエットとなって、一瞬ヒラヒラと私の眼底に投写されたような気持がした。

「ああ、いいな。あの人間という動物は……」

と私があの時どうしてその幻視の中の人間の性情を恋しく思ったのか不思議なほどである。

その移り気も、魔性も、謀叛気《むほんぎ》も、権柄ずくも、淫ランも、虚栄も、利己心も、好奇心も、深刻癖も、楽天性も、あの軽々とした二本足の上の出来事は、何事によらずすべて是認して見たくなるほどだった。

私もまた、二本足で立ち上ったメザマシイイキモノの末裔《まつえい》の一人であるということは、何という愉快な生き方の特権であるだろう。悪魔に身を売ったモノの末であろうとなかろうと、とりとめもなく思慮し、軽々しく身を移し、飽くことなく現世の悦楽を追い求めるこの二本足の動物に永遠の栄えあれ。

何はともあれ、私はあの人間という生き方の真ン中に帰りついてみたい。帰りついた上で、私達の軽々とした生命の特権の保全について、人に語りたい。

この時。繰り返し繰り返し、私の心の中にあふれ出してきた「透明な生命の喜悦」とでもいった一つの感情を、たどたどしくとも表現し得るなら、それがこの長過ぎる物語の、眼目になるだろう。

私は自分の吐く呼気の白さをたしかめながら、ようやく自分の妄想から醒《さ》めて、浮き浮きとペンギン鳥を見おろした。

彼女は、おもむろに部屋の中をうろつきはじめたようだった。

両羽を交互に振って、体重の平均を取りながら、ヨチヨチと歩いている。歩いては立ち止まり、例の尻尾を鞭《むち》のように左右に揺《ゆさ》ぶって、時折りいぶかしげに首をかしげる。

私はペンギン鳥のあやしい歩行の有様を、生まれてはじめて一見してみたが、毛布で口を押えながら、しばらくの間、笑いつづけた。

気がついてみると、今度はソファに飛び上ろうとしているところのようである。ころげては飛び上り、ころげては飛び上り、何のことはない、道風《とうふう》の柳に蛙(32)そのままだ。ソファの高さは二尺にも足りないだろう。

体力がまだ恢復《かいふく》していないのか、それとも、もともと二尺以上を跳躍する能力が無いものか、今ははっきりと、見定めはつかなかった。

寒さから、私はその夜はほとんど眠りつけなかった。厠《かわや》にも両三度立った。ペンギンは、向うをむいて、ソファの下にツクネンと立ったままだった。こちらをふりむこうなぞとは決してしない。私の足音に気がつくとちょっと、胴ぶるいをし、

ギョッ

と異様な声をあげるだけである。

私が目醒めた時には、もう太陽は随分と昇っていた。斜めの日光が、カーテンを洩《も》れて、細く一条だけ、ペンギンの頭上の壁に流れている。

彼女は、いつのまにかソファの上にのぼってしまっているのである。すると、私の保護政策はあながちに見当外れでもなかったようだ。

少しばかり早計に過ぎるかも知れないが、私は今日から彼女とはっきりとした交友を結ぶことに決心した。

身の丈は概略四〇糎《センチ》弱。種類はアデリーペンギンのようである。ただしわずかな持込みの書籍に頼るので、はっきりとした断言はむずかしいが、黒白がクッキリと首の下で分れているから、おそらく間違いはないだろう。

私はまず急いで、彼女がいたるところに撒《ま》き散らした、糞を拭い取った。私のムラ気からはじまった迷惑を人に及ぼすのは不快だからである。それにしても、床がリノリウムで張ってあ

るのは仕合わせであった。拭っただけではとても落ちない。真白に糊着《こちやく》しているから、水にほとぼした上で拭い取るよりほかにない。そのために、取りあえず、私の汚れパンツを古い方から二枚おろした。

幸いなことにまだソファは汚されていなかった。ほんの今しがた飛び上ったもののようである。私はあわてて、彼女を下界の方に抱《かか》えおろしたが、摑《つか》まえるまでは悠然《ゆうぜん》と白眼視するような落ち着きを見せていたくせに、一度私の手の中に入ると、大狂乱に移りはじめた。

両足をもがいて空を蹴る。両羽を前にあおって私の手をしたたかに打つのである。

それよりも困ったのは、立たせてやるために足を床につけてやると、はげしく足掻《あが》くから、上体が前にのめる。私は腋の下を抱えたまま、何度静かに着陸させてやろうと試みても無駄だった。

仕方がない。そのまま手離すと、案の条、シタタカに嘴を打って、前のめりに倒れ、しばらく狂気したように両羽を床に叩きつづけてカラ滑りをするのである。

さて、彼女の食糧と水である。

昨年飼育したことのある経験者が、鯨肉で育てて内地まで連れて帰っているのだから、私もその前例にならうことにした。

しかし、沖アミから急に脂肪の多い鯨肉に変るのはペンギンの胃の腑《ふ》にとって、相当な負担になるだろう。栄養の点からも、アミの殻《から》の部分のカルシウムや、腹部あたりにすかして見える青みがかかったネバネバが、かなり重要な役割を果たしているものかもわからない。ゆくゆくペンギンの模様を見ながら、追い追いに工夫するとして、まず第一は何とかして餌につかせて見ることだ。

私は安全剃刀《かみそり》の刃を握りながら出ていって、デッキの手摺に釣られた刺身用の鯨肉を皿の中に数片そぎとった。

珍しいほどの晴れ間である。遠くに二つ三つ、キラキラと輝く氷山が見えていた。その表面に冠った雪が、水色の氷山の肌と、はっきりと層を異にして、真白に光っている。

こんな美しさに見とれていると、ペンギンなぞにかまけている自分自身が阿呆《あほ》らしくなってきた。生きるものか、死ぬものか皆目解らない動物と、心中もどき、スチームまで止めてしまって顫《ふる》えているなどと、あまり悧巧な者のやることではなさそうだ。それよりもさっぱりと、この海の中に帰してやったなら、沖アミを存分に喰べて、あの氷山の裾《すそ》か、流氷に上り、のびのびと中休みをでもして、どんなに喜ぶことだろう。

羽搏いてみたり、雪にころげたり、その雪をついばんでみたり……、

そう考えて、私はふいと自分の足もとに吹きだまっている昨夜のサラサラの雪に気がついた。

「そうだ。ひょっとすると、ペンギンは、雪を相当量喰っているかも知れないゾ」

海水は沖アミに付着して知らず知らず飲みこんでいるだけで、好きなのはやっぱり真水の結晶した雪片ではないか？

少しばかり人間流儀の身勝手な考えだが、私は念のために、足もとの吹きだまりの雪をよせ集めて、鯨肉の皿の上に盛り上げた。

部屋の扉をソッと押しあける。彼女はまたいつのまにかソファの上に上っていた。一段でも高いところを好むのは、展望の利く安全な地形を求める日頃の習性かもわからない。

私は空箱を横に臥《ふ》せて、ペンギンをその上に移してみた。今度は落ち着いたようである。そこで、雪を盛った皿を彼女の眼の前に置いてみたが、まったく眼中にないようなソッケなさだった。

そこで雪の塊《かたま》りを二つ三つ作ってみた。それを故意に嘴の先に持ってゆく。逃げるような気配はない。しかし何の関心も無いように、固く口をつぐんだままである。

私は、その雪塊で、反対に嘴の先をつついてみた。

ギヤッ

とうるさそうに口をあける。

二三回繰り返す。彼女は防禦《ぼうぎょ》の姿勢で、その都度嘴をあけていたが、少しばかりの雪が、その嘴の中に崩《くず》れごんだ。

成功であった。彼女は戸惑ったように上下の嘴を顫わせてみて、やがてその嘴を空に向けると、喉仏《のどぼとけ》をふくらませながらゴクリと嚥下《えんか》した。

今度は、彼女の嘴の方に、待つような心組が見えはじめた。

私は雪塊を嘴の先に触れるか触れぬ程度に、もう一二度、近づけてみただけだった。

ついに、彼女の嘴は、積極的に、雪塊をつつきはじめ、その雪をくわえては、嘴を空に上げて、嚥下する。

一口ごとに彼女の私への傾倒は増大していった。最後に私の指をつつくのである。

もう、餌付けするのは造付も何もないことであった。細く切った鯨肉を指でつまんで、静かに垂らせばそれで終りだ。最初のうちは、鯨肉をくわえたものの、これを嚥《の》み込んでよいものかどうかためらうのか、嘴を左右にゆすって振り落していたが、あやまって一片飲みこんでからというものは、続けさまに七八片の鯨肉を、まったく喉に流しこむような鵜呑《うの》みである。一時に、急激な暴食は危険だから、概略三十匁ぐらいのところで、私の方が彼女の際限のない食欲にストップを命じなければならなかった。

これは後日の話であるが、私は都合五羽のペンギンに、彼らが生まれてはじめての、人工の餌付けを行ったけれど、この第一回のペンギンの例のようにやすやすと行ったことはない。

思うに飢餓が昂進《こうしん》していたか、特別人なつっこい性質に生まれついたペンギンででもあったのであろう。

雪塊はついたが、容器の中の水を飲ませることには、どうしても成功しなかった。同時にまた、皿に盛った鯨肉の餌を直接つつき拾わせることにも成功しなかった。

彼女は私の指からだけ喰って、一たん、地に落ちた物は決して拾わない。生食をする鳥どもの、腐敗食から免かれる本能によるものであったかもわからない。

私は自分らの毎日のしきたりから、何とか日に三食、少くも二食の習慣をつけてやらねば安《あん》堵《ど》のゆかぬような気持がしていたが、彼女の欲するままに餌を与えると、少くもまる一日はもう餌をふり向こうとはしなかった。

その代りよく喰べる。普通の刺身ぐらいに切った鯨肉を三十片余り——重さに量ってみて百匁余を貪り喰うわけである。

食い溜《た》めと、貪食《どんしよく》の傾向は顕著であった。喰べた後は、薄目を閉じてボンヤリと眠り呆ける。大変なナマケモノのようである。

もっとも、気候の激変しやすい極地の海で、沖アミを捕って喰うのだから、捕れる時には大いに喰いだめをしておかねば、いつシケに遭遇するかわかるまい。

大量に喰いだめた上で、さてアイスパックに匍《は》い上り、風当りの少い窪《くぼ》か氷塊の風下でウトウトと見果てぬ夢をむさぼるわけだろう。

倉卒《そうそつ》な観察だが、彼女の急速な体力の恢復《かいふく》から、少くとも大雑把《おおざっぱ》な性情だけは推しはかれる。ただし肝腎《かんじん》な雌雄の判別は、私のような門外漢には、金輪際つかめなかった。

私のアデリーペンギンは、まったくのところよく喰べる。三日目にはもう完全な健康状態に復帰したように見受けられた。

私は栄養の変調をおそれたから、効くか効かないかは知らないが、まず手持ちのパンビタンを日に一粒ずつ、口を割って嚥下させた。それと同時に司厨長に頼みこんで、イリコ[33]の粉末を貰い受け、時折りそれを鯨肉にまぶして与えてやった。

また、容器の水を飲まないから、鯨肉を一々水にひたして、水分を補給した。

次には、彼女の運動だ。彼女はまったくと言ってよいくらい、私の部屋の中では動かない。喰べ、眠り、脱糞し、時折り首をくねらせては沐浴《もくよく》の真似事をやるか、例の羽毛の化粧に耽るのが関の山である。

私は彼女を泳がせて見たかった。しかし、これにはサロンの浴槽《よくそう》に海水を張る以外にはないだろう。入浴者の不愉快も気にかかったし、それに鳥類の水浴は、彼らに好適の特別な時間があって、かりに水禽《すいきん》であっても例外ではないようだ。

たとえば、鵞鳥を、水に放ったら喜ぶだろうと思ってみても、時にははなはだ不快がる時間があって、そんな場合には入れても入れても水から匍《は》い上ってくるものである。

私のアデリーペンギンは、食欲の増大と同時に、みるみる体力を恢復している様子だが、まだ、水をはじくほどの毛並になっているかどうかはわからない。

私の室内に大きな水槽でもあるものならば、そのほとりに遊ばせておいてやれば、彼女は勝手に、自分の快適な時間に、快適な時間だけ泳いで上ってくるだろう。一度でもよい。その様子を見とどけておけば大雑把《おおざっぱ》な見当ぐらいは付きそうだが、今、思い切って泳がせてやれるだけの自信は、私にはなかった。

とりあえず一日一時間ぐらいの歩行運動だけをやらせて見よう。

そう思い立ったのは四日目の朝だったが、適当な運動場が見当らない。甲板は、もちろん夜昼となない鯨体の解剖で、足の踏み場もない有様だ。サロンデッキも下から目立つ。乗組の全員が、文字通り血みどろになって労働している真上のデッキで、一人の小説家がペンギン鳥と遊びたわむれているように見えるのは、何となく、人を刺戟するだろう。

私に卑屈な気持は毛頭無いが、お互いに不快を感じ合うのは嫌《いや》である。

「それならサロンの前の、彎曲《わんきょく》している細い通路が一番よくはないですか。あそこならどこからも見えません」

こう言ってくれたのは、ちょうど部屋のペンギンを見に来ていた例のアプサンであった。そうだ。あの通路なら、高さ四尺ばかりの防風板をめぐらしていて、もってこいの場所である。

「しかし、通路にペンギンの糞がいっぱいこびりつきますよ。いいかしら？」

「いいですとも。それでなくっても、阿呆鳥《あほうどり》の糞で、いつも白く汚れています。どうせ帰りコースにはストーン摺り(34)をするところですから――」

アプサンはそう言って、ペンギンの頭を珍らしそうに撫《な》でさすっていたが、

「バスだって、誰も嫌がる人は無いでしょう。でも、一応皆さんに聞いてはおきますが――」

「ありがとう。しかしあなたはペンギンのウンコを知らないから――。物凄《ものすご》いですよ。ほら」

と私は屑籠《くずかご》一杯にたまった私のパンツ、シャツの類のドロンコになった様子を、御丁寧にもアプサンにのぞかせた。

「それよりもペンギンの体臭が大変です。いくらシャボンで洗っても落ちませんね」

嘘《うそ》ではなかった。ペンギンを抱えあげる私の両手と服に、もうすっかり彼女の異様な匂いがこびりついてしまっている。おそらく、羽毛を防水する脂肪分の多い分泌物であるに相違ないから、その臭気が水になかなか溶けにくいのも不思議はなかった。

「ペンギンの運動、やられますか？今ならお手伝いぐらいいたしますよ」

アプサンの言葉に元気を得て、私はペンギンを抱えあげた。

外側の通路に出る。両手の中にシッカリと抱えあげているペンギンが、海の光を見て一しきり騒ぎ立った。無理もない。我々が土を恋しがるのより、もっとはげしい郷愁であるだろう。

私は防風板の上にしばらく肱《ひじ》をついて、彼女に、海の姿を思い切り、見せてやった。

彼女は足掻《あが》きつづけていた足を、やがてあきらめたようにダラリと垂らす。その眼だけが、果てしない海の行方を、茫々《ぼうぼう》と見据えているのである。


それから、彼女との毎日の日課の歩行運動がはじまった。午前中三十分。午後にまた三十分。運動の後に必ず餌を与えるならわしだ。

彼女に相当の理解力があることに、私は気がついていった。私が鞭《むち》を握って彼女に近付くと、彼女は大仰に両手を振りながら、ドアの方へ歩いてゆく。それが日課の運動のはじまりだということを覚えこんだ様子である。

私達の運動の場は、サロンの外側を半円形に廻っている狭い露天の通路である。舷側から舷側まで弓なりになっていて、長さは十間足らずであったろう。私は気象観測員の器械の空箱を借りて、運動の間だけその通路の両端を閉塞《へいそく》した。

まず彼女を床にはなち、私は鞭を持って彼女の後ろからゆっくりと歩く。ヨチヨチ、ヨチヨチ、彼女は左右の手を交互に振りながら、私の先を歩いてゆく。私がとまると、必ずとまる。そのたびにふりかえって、私を見上げ、私の顔色を窺《うかが》うから不思議である。

さて、追いつめて、器械箱のところに達すると、はじめのうちは、しどろもどろ、彼女はまったく困惑して、私の股《また》の下をくぐったり、器械箱と通路のスキ間に嘴をさしこんだりしていたが、そのうち馴れた。

私がちょっと左にかわすと、右から抜けるし、右にかわすと左に抜ける。

それよりも、箱に近づくと、もう彼女は勝手に立ちどまり、後がえって、私のかわすのを待つようになった。

いや、まったく悧巧《りこう》な奴だった。彼女は悠々と主導性を取り戻して、通路の途中でも、どうしても先に行きたくない時には、クルリと旋回して、私がかわしてやるまで、動かない。つまり私が恐るるに足らぬ者であることを看破したようであった。

もっとも、彼女が歩きたがらないのには、いつもきまった原因があることに、私の方でも気がついた。それは風である。少しはげしい風がはじまると、その風上に向って歩くのをやめる。

結局、弓なりの通路の、風下で、短い反覆運動に終るのがならわしだ。

それが、はげしい烈風だと、もう金輪際歩かない。風に背をむけて、器械箱の側に立ちすくむだけである。

この発見は愉快であった。私の頼りない想像が、事実の上で証明されたからだ。

私と彼女との親密の度は加わっていった。もう抱き上げても怖がらない。抱けば反射的に、両羽を前にあおるようにするが、決して叩くようなことはなくなった。どうやら嘴と両羽が、彼女の防禦《ぼうぎょ》用の武器のようである。

私は運動の前後に、抱えあげては必ず海を、見せてやるのがきまりであった。可哀想だからではない。見せればなおさら可哀想だが、彼女の海を見る時の眼の光りが実に素晴らしいからだ。恨めしいような、物恋しいような、あんな眼の色って無いだろう。


幾日目の散策の時であったか、これは忘れた。

例の通り、彼女は両羽を交互にゆすぶって、私をふりかえりふりかえり、ヨチヨチと歩いている。私も寒さをこらえ、防寒靴《ぼうかんぐつ》の足を踏みしめながら、彼女の後ろから歩いていたが、その異常な糞便に気がついて、立ちどまった。

いや、ウンコは別段、平常のものと、変っていない。白い粘液便に、緑色の固形物が混るだけである。ただその糞の真中に、うごめく透明な糸状の影があった。

私は奇異な念に駆《か》られて、汚《きたな》いのも構わずに、その白い、透明な糸状のものを指の中につまみ上げた。

糸ではない。蛔虫《かいちゅう》によく似た寄生虫のようである。延ばせば五寸くらいの長さは充分にあったろう。

それにしても奇ッ怪だ。南極に棲む鳥類の腹の中から、こんな寄生虫が出て来ようとは想像も何もできないことだった。

するとどうなる？

この寄生虫は、太古南極がまだ温かった頃から、口から口へと伝承されて来たものか？　それともその卵はよほどの耐寒性でもあるものか？　中間宿主は何か？

私は両手の指の間にその虫をつまみひろげて、と見こう見、さまざまな奇ッ怪な想念にふけったものである。

折から、いつのまにか、船は氷山群の真ン中を走っていた。舷側すれすれに、透明な、そそり立つ氷山の群が夥《おびただ》しく流れて過ぎる。

私は虫ケラをポケットの中に大切にしまいこむと、立ちどまった私をさも不思議そうに見上げているペンギンを抱えあげて、次つぎと流れる氷山をさし示すのである。


アプサンは、その後もたびたび私のペンギン室にやってきた。一度はちょうど留守中に山のようなボロ布が積まれてあったので、いぶかっていると、間もなくアプサンがやってきて、

「ウェース(35)です。きっとお入用だと思ってもらっときました」

これでペンギンの糞を拭い取れと言うわけであったろう。この人の見覚えのない真情に感佩《かんぱい》するのである。

アプサンのすすめに従って、私は七日目に、思い切ってペンギンの水浴を決行した。浴槽に海水を張って、水温をはかる。零度であった。試みに私の手を入れてみるとしびれるほどの冷たさだ。しかし私は思い切りよく、彼女を水の中に放りこんだ。

ペンギンは吃驚《びっくり》したように純白のタイルの水に浮んで、しばらくはぼんやりと後足を掻《か》いてみるだけだったが、やがて、狂気したようになった。

もぐりこみ、旋回し、反転し、時に水上に浮びだして、身をよじらせながら、片羽でバタバタ、バタバタと水を叩く。またもぐりこんで縦横無尽にくねり泳ぐ。ペンギンの糞が、その透明な潮水の中に、さながら薄紙の造花のように開いていった。

最後に彼女は水底深くもぐりこむと、その浮き上るハズミをつかって、相当な高さまで翔《と》び上った。浴槽を出ようとするようだ。

私は抱えあげて流し場に立たせると、ペンギンはガタガタとふるえている。毛根をひろげ、二三度ブルブルッと水をふるうようにしていたが、そのうちふくれ上って眼を閉じた。

私はあわててペンギンを抱えて部屋に帰り、自分のタオルで羽毛全体を拭ってやった。それでも寒そうに薄眼を閉じたり開けたり、立っている足もとまでが危っかしい。スチームを通してみた。

ようやく恢復《かいふく》したのが、三十分ぐらい後のことである。彼女は機嫌よく、平常の化粧をはじめ、毛並をくわえてはたんねんにほぐしていった。

かなり元気らしく見えていたものの、栄養の失調か、それとも人工の保護策による劣弱化であるだろう。

私はその翌日から、海水にスチームを通して、温度を五度にしてやった。そのせいか今度は、浴後も変りない元気さのようである。

何と言っても、水浴が一番完全な、ペンギンの天性にかなった運動に相違ない。毛並は見違えるほど美しい色つやを帯びてきて、彼女は軽快になり、快活になった。

機嫌の良い時はかなりはしゃぐ。その都度、ギャ、ギャと奇声をあげて羽搏くのである。

「もうあのペンギンは大丈夫です。内地まで持って帰れましょう。一体、どこの動物園にやりますか?」

サロンの食事の後で私が言うと、船団長は、

「やーあ。あれは、もう、あんたのもんでしょう。一つ東京の庭の隅《すみ》に飼ってみて御覧なさい」

笑いながら、そんなことを言っていた。

そのペンギンを、どうして私がまたもとの木枠《きわく》の中に持ち込んだのか、今考えても無念である。もっともその木枠は、移動して、風当りの少い壁にピッタリとつけたのだが——。

原因はやっぱり、彼女との終日の交渉にうとんじたことである。夜更《よふ》けなど、ふっと私が目が覚めることがあって、見下ろすと、彼女もやっぱり私を見上げ、まるで仏蘭西《フランス》人でもやるように、肩をすくめて、ブルッと胴顫いをやるのである。それはもちろん、なつかしいことでもあるが、時にわずらわしく感じられることがないでもない。

それに、スチームは閉じたまま、ポールドは開いたままのペンギン並みの耐寒生活だ。いくらウェースをたくさん分けてもらったと言ってみても彼女の糞便を拭《ふ》きとるのは私以外にはない。ようやく部屋の臭気は耐えがたくなってきた。

私は彼女と、交渉を持ちたい時にだけ、交渉を持とうと決心した。

船中の木工員に、木枠の蓋《ふた》を急造してもらうのである。上部（天井）を半分だけまったくふせ、残りの半分に分厚い横板を二枚さし渡して、夜間彼女の睡眠時の蓋にした。四角な水槽を一つ入れて水を張り、ようやく彼女を抱え移す。

状況は決して、悪くはない。退屈した時にだけ、彼女を抱えに行って私の部屋で遊ぶことにした。もっとも定時の餌付けと運動が私の任務であることは、言うまでもないことだ。

何という爽快《そうかい》な解放感。

正しい愛のよろこびというものは、結ばれている時よりも、解放されている時に湧きいだす、思い出の中に棲むのではないか？　私はとりとめもなく、そんなことを考えてみたほどだ。

そうして、この我流のたわけた自己満足は、ほどなく彼女によって申し分なく、報復された。それは、雪の早朝のことである。私は久方振りに明け方近くまで読書にふけって、床につく前に厠《かわや》に立ち、帰りにちょっとペンギンの様子をのぞいて見ようと、ドアの所まで歩いていった。ヒューヒューと風の音が鳴っている。それよりも船の動揺がはげしくて、今日ばかりはデッキに出るのがどうにも億劫《おっくう》に思われた。

私は扉のところから後がえると、自分の部屋に帰ってゆくのである。それでも一度、ポールドだけはあけてみた。灰のような細かな雪が吹き募って、とても眼など明けてはいられない。木枠の状況がどのようであるか不明だが、蓋をかぶせておいたからには、何も案ずることは無いだろう。多分、彼女は、両足を後ろに放り出して例の恰好で、眠っているに相違ない。

そう思うと、私は灯《あか》りを消して高い船室のベッドの上に這い上った。そのままウトウトとまどろんだ。

気がついた時には、もう明る過ぎるような朝である。

「檀さーん、海。海の模様を見ませんか」

事業長のような声が、かすかに窓の下を通り過ぎた。しかし立ちどまって、私を起してみるまでのことでもないらしく、私がカーテンを細目に繰ってみた時には、もう誰の姿も見えなかった。

「海？　海がどうしたと言うのだろう？」

分厚い薄曇りしたガラス戸越しには、格別変ったこともなさそうだ。ただその水面が乳色に、とろけはてたように見えた。何かこう光沢がにぶい。波の動揺がまったくない。シケはもうやんだもののようだった。

それにしても、いつサロンの朝食のドラが鳴ったろうか？　私はちょっと時計を見た。まだようやく、六時を廻ったばかりのところである。

それでも、私はオーバーをつっかけるとデッキに出た。

なるほど、これはまた素晴らしい。海水がちょうど、練りかけた葛湯《くずゆ》のような状況を呈している。波がなく、ウネリもなく、シブキも立たず、折々、緩慢なトロトロの皺曲《しゅうきょく》の文様がゆるく伸び縮みするだけである。半乳色の海の表皮に、船の曳《ひ》きずるドス黒い水尾が途方もなく長く伸びていた。

まるでもう、海ではない。間延びがしている。逆に、暖かそうな錯覚すら感じられる。ただどうも、言いようのない天地混沌《こんとん》の凄味があった。何もかも、そのトロトロの皺曲の底の方に呑みつくしてしまいそうな魔力である。

昨夜のシケで、まったく漁が無かったものか、甲板は取り片付けられて、ガランと鎮まりかえっていた。その甲板の手摺《てすり》に凭《もた》れ、二人、三人、作業員らが、ボンヤリと海の色をのぞきこんでいる。脅《おび》えたような卑屈な顔だ。

私もまた、故の知れぬ不安の気持にのまれていった。そのままペンギンの木枠の方に走ってゆく。

彼女を抱きとって、つくづくと、この海の果ての色を見たかった。

が、どうしたのだ。分厚い一枚の横板の蓋が、木枠の中に落ちこんでいた。昨夜のシケの動揺でその片端がすべり落ちたもののようである。私は動顚《どうてん》して木枠の中をのぞきこんだ。いない。

枠の内側の風下の方に、カサカサに乾《かわ》いた雪が吹き溜まっているだけだ。そこに、わずかながら、彼女の明瞭《めいりよう》な足跡が見えていた。すると——吹雪《ふぶき》があがるほんの今しがたまで、ペンギンはいたわけだ。

私はあわてて周囲のデッキを見廻した。しかし、残念なことに、左舷のデッキは、昨夜の風上でもあったのであろう。手摺の鉄棒の蔭や、溝《みぞ》の中に、刷《は》いたような薄い名残《なご》りの雪が見られただけである。

それでも私は、気違いのようになりながら、雪という雪の上に、彼女の足跡を探し求めた。思いもよらず、彼女の真先の足跡は、デッキから続く、私達の狭い散歩道の彎曲部《わんきよくぶ》に発見された。

淡く冠《かぶ》った雪の上を、⩛形の彼女の歩行の跡が、点々と進んでいた。毎日の歩行運動のように、風を背に負って、風下へ風下へと歩いていったに相違ない。弓なりの細い通路のまま、彼女の足跡も正しく弓なりに右の方にそれて、右舷のデッキのすぐ手前までつづいている。

そこに、私はいつも、彼女を遮断する器械箱を置くならわしであった。昨夜はここが通路の一番の風下であったのでもあろう——一二寸の雪が吹きだまって、彼女は平生の私との習慣をでも思い出したのか、踏みとどまり、二三度旋回を繰り返してみたような痕跡《こんせき》が雪の中にありありと見てとれた。

しばらく私を待ったのか？

が、そこから、彼女の足跡は一直線にデッキの鉄柵《てつさく》へ向っていて、やがて、鉄柵の際《きわ》の溝を、二三尺の間、右し左しした気配がある。

そこまでで彼女の足跡はまったく絶えていた。

それにしても、よく思い切って、十米を越えるこの高い三階からの舷側を飛び降りたものである。

私は、茫々ととろけはてた乳状の海を眺めわたしながら、新しい戦慄《せんりつ》がとまらなかった。いつのまにか船の周辺のあたり、浮草のような海氷の結晶がフツフツと浮いている。その果ての方へ、私の錯覚からでもあるだろうか。細い、黒い一本の水脈が静かに延びて、やがて消えてゆくように思われた。

誕生

我家に自慢のできそうなものは何もない。主人の私の才能は貧しいし、お酒、怠惰、狂躁《きようそう》、濫費、軽薄等……私の悪徳の方を数えあげるなら、たちどころに十本の両手の指を折りつくしたって、とてもそれでは足りないだろう。

それかあらぬか、むかし親しかった友人らにしても、この頃では、誰一人私のところにやって来ようなどと言うものはなくなった。太宰が死に、安吾さんが死んでからというものは、私はまるで姨捨《おばすて》の姨みたいに、荒涼の山奥に棄てられてしまった感じである。人生五十、余すところあと六年。

まるっきり駄目《だめ》なのである。仕事らしい仕事もできぬ。ぜんぜん見とおしというものがない。ヤミクモに書いて、ヤミクモに浪費しているだけで、人間何モノカ……心の眼はチラとも開かず、現代の姨捨は澄み透る月影の片鱗《へんりん》をだに見ない。そう言う私だから、

「子供はなるべく産まない方がいいよ」

とその都度、正直に細君には囁《ささや》いてきたはずだ。いつ行き倒れるか知れやしない。その期《ご》に及んで、累を子孫にまで及ぼしたくはないのである。

「でも、不自然なことはしたくありませんし……」

これがまた、その都度、細君が私に答える言葉なのである。私は黙るよりほかにない。細君を説得できるほどの根拠も自信も、私の方にはあるはずが無いのである。根拠も自信もないからこそ、私にしてみれば、産ませることの方が心細く、なるべくなら煩累を自分の死後にまで残しておきたくないわけだ。

数えれば、私の子供はもう四人。長男の太郎が十一年、次男の次郎が五年四カ月、三男の小弥太が二年六カ月、長女のフミが一年三カ月、この春熱海で流産した四カ月の胎児までが育って今頃生まれ出していたとするならば、五人の子供の父親ということになったろう。

いつだったか、石川淳[36]さんが、飲みながら、「もうこうなったら、檀君は手当り次第に子供を産ませるに越したことはないや。一ダースも産んで、日本六十余州を攻め取ってみるんだね」

なるほど、そう思い棄ててしまえばいっそいさぎよいほどだ。

雨降り。それが梅雨《つゆ》の頃の雨の日でもあってみると、私の家はさながら、家鳴り震動すると言っても、決して言い過ぎでも何でもない。机から飛び降りる、障子の桟《さん》をこわす、襖《ふすま》を破る、いやその襖が理由もなしに顚倒《てんとう》する。いやいや、そんななまぬるい常識的な騒ぎではないのである。何ものとも為体《えたい》の知れぬ物体が次つぎと鳴りはじめ、ぶつかり合い、その間に泣き声が混る、金盥《かなだらい》が落ちる、土足の犬が踏み上る、碁石が散る、おしっこ、うんこ、いやはやその狂乱怒濤《どとう》の間隙《かんげき》を縫い歩くようにして、例の不自然なことをしたくないと言うわが家の主婦が、いささか子供らの自然の狂躁に足を取られたあんばいのヒステリックな声をあげている。

まことにこれが、わが過ぎやすい人生の全貌《ぜんぼう》に近い。

それでも梅雨が晴れ上って、天日がまばゆく照り輝いてくれさえすれば、子供らは次つぎと地上に滑り降りてくれるから、かりに次郎が金魚鉢《きんぎょばち》の水を甘《うま》そうに飲みこんでいようと、小弥太が犬の食べ余しを犬皿《いぬざら》から手掴《てづか》みで食べていようと、フミ子が鶏小舎《とりごや》の中で鶏糞《けいふん》にまみれながら這い廻っていようと、彼らのほんとうの泣き声が湧くまでは、その父はホッと一息。そのあたりに珠玉のように輝いている紫露草の美しい紫紺の発色を、思いがけぬ旅情で眺めやっている。が、油断はならぬ。金魚入れの大甕《おおがめ》に次郎が逆落しになってもがいていたと言うのである。

「もう二寸水が深かったら……」

とその母がズブ濡《ぬ》れの次郎を引き連れながら言っている。かと思うと、口のまわりを糠《ぬか》と粟《あわ》で糊付《のりづ》けにしたフミ子が、ワアワアと泣きながら女中に抱《かか》え上げられてやってくる。

「鶏小舎の鶏の餌を残らず食べていらっしゃるんですよ」

ヤケ糞《くそ》の父はしごく満悦そうな豪傑笑いになって、「日本六十余州を残らず攻め取る子供達だ、そのくらいのことはあるだろう」

その子供らが、ようやく次つぎと寝鎮まると、さすがの父も、

「もうこのくらいで、子供は要《い》らぬ」

御覧の通り、わが家の自慢は子供である。人並みと言って悪かったら、まずまあ動物並みの発育は遂げているに相違ない。まさか余生を子供らに頼むつもりは無いのだから、それぞれ、勝手放題に生きてくれれば父はしごく満足だ。それには、犬の餌、猫の餌、鶏の餌、金魚鉢の腐り水と……何でも幼少から、喰《く》い馴《な》れ、飲み馴れていてくれる方が、イザという時のもち耐えに役立つかも知れぬ。父は自分の生き方だってお先まっ暗の思いである。とても子供らの半生の責任までは負いかねる。そこで安吾の「親が無くても子は育つなんてものじゃありませんや。親が有っても子は育つですよ」の主旨に思いっきり賛同して、親の義務をあらかた天に奉還したい気持なのである。

八月の五日に、ちょっと四倉近在の山の中まで、人と会いにゆく所用があった。例によって、日頃怠け放題の父は、二三日家をあけるとなると徹夜で片付けなければならぬ仕事がある。いつもながら憐れなわが家の主婦は、自分の怠慢でもないことに、お付合いの罪亡《つみほろ》ぼしで、やっぱり徹夜ということになるようだ。

その仕事が、朝のしらじら明けに、やっと一息ついた時である。

「今日思い切って掻爬《そうは》しに行こうと思っているんですけれど……」

「何、また妊娠？　四月に流産したばかりじゃないか？」

「ええ、でもツワリがはじまったようですから」

自分から掻爬しに行くと言い出すなんて、自然派のこの母にしては突飛きわまる申し出だ。いつも肝腎《かんじん》な妊娠ですら言いまぎらわして、中絶しようにも、六カ月、七カ月、とっくに時期を失ってしまっているのがきまりである。それまではお腹がいくらふくれてきたって頑強に妊娠を否認する。だから熱海での思いがけない流産も、まるっきり妊娠してないものが流産したという奇ッ怪な出来事の一つであった。それを自分から妊娠中絶を申し出るとは、私にしてみれば不思議を通り越している。つまりは自然派の細君もようやく老いたのであろうと私は妻を顧み、

「何も旅行中に掻爬しなくったって、オレが帰ってきてからではどうだ？」

「ええ、それでもよろしいですけれど」

私はこぶかく茂り合ったわが家の乱雑な木々の有様を今さらのように振りかえって、自分の家を後にする。

暑い旅であった。しかし訪ねる人は、その昔満洲の馬賊であり、自然と馬賊にたどりつくその道行の素朴な話が、馬鹿におもしろかった。敗戦と一緒に帰農して、ちょうど十年がかりで

ここを開墾したと、風のよく吹き通す奥山の南斜面に立って見せたが、蒟蒻《こんにやく》のまだらの茎と、唐モロコシの葉々と、こもごも、光の中にさやぎ合う色が実によかった。私は久方ぶりにモチキビの天然の甘味をむさぼり喰うのである。老人は夏の炉バタでしきりに手真似《てまね》などをくりかえしながら、馬賊が民家を襲撃する時の号令だとか言って、「チャンヨー（囲家）」と唱えてみたり、同じく引揚げ号令だと言って、「ホアー」と唱えてみたり、そのたびに子の無い森閑とした山の小屋が低くブルブルと家鳴りして、瞬間老人の眼にあやしい昔の炎が燃え出すように思われる。

青年の日は馬賊、年老いて故郷の山に還《かえ》り黙々として土クレを打っている……、その老人の帰農の感懐もバカに面白かった。人事には思われない。私は唐モロコシの実を、甘くまんべんなく齧《かじ》りとりながら、炉の方にさし出された老人の節くれだった手を、今さらのようにいつまでもジッと眺めて見飽きなかった。

二泊三日。上野にはちょうど日暮れてから着いた。車窓から東京のネオンを眺めるまでは、現代の姨捨先生も何となくしぶとい己《おの》れの月のアリカをでも見たつもりで、ネオンよりは空の稲妻、メロンよりは唐モロコシ、クラッカーよりは蒟蒻の肌のブツブツと、何やら古めかしい人間復興の護符をでも得たつもりで、かりにも浮薄な酒色にうつつをぬかすことは自分でもなさそうに思われたのに、街《まち》の灯《ひ》を眺めたトタンにしびれるほどその街の灯恋しい。

誰だって弱いのだ。現代のひよわな文明をことごとく身にあつめて、ドブドロの中にいかりこんで死んだって、自分の中に脈搏《う》っている亡びやすい情を、亡びやすいままに、今日に賭けるのがどうして悪かろう。

そのBBBという酒場。十年来、旧知の女性がいるのである。旅先に出ると不思議にその女恋しく思うのは、多分旅先に、その女を連れ出して見たい下心からでもあるのだろう。

危機は今日まで数えれば少くとも三度あった。南氷洋に出る前と、南氷洋から帰りついた時と、印度《インド》に出かけようと目論《もくろ》んだ時だ。

が、幸か不幸か、私にもその女にも不決断な思い切りの悪さがあるに相違なく、今日まで、事を起さずに済んでいる。というよりも、少しばかり、私達はお互いの身の上について知り過ぎているのかもわからない。気まぐれな浮気の虫がひっこんでしまうように、相手の生活が、息苦しく行手に通センボーをするのである。戯れに四分の一御愛人様などと呼び合うのは、ひょっとしたらお互いの躊躇逡巡《ちゆうちよしゆんじゆん》をなじるのか、それともお互いの心身の潔白をよろこぶのか……、いや、その両方が入り混った淋《さび》しい自嘲《じちよう》からだろう。それにしても、知り合ってからもう十年が過ぎている。もし、これが恋ならば十年の歳月に耐えているはずだ。人はかりそめにも自覚した愛を、抛棄《ほうき》してはならぬ。亡びやすい五十年に、一瞬の愛すらかけがえがないではないか。私は、例によってブランデータンサンに脳髄までもしびらせながら、その人をかすかに見守り、オーロラのように奔放につのってくる身勝手な妄想《もうそう》を描いては消し、描いては消し、チーズ、クラッカーを、いつまでもまずそうに齧《かじ》りつづけているのである。

「どうも、よっぽど遠いところに行かないと、あんたっていう人は思い出さないね」

「あーら、どうしてでしょう？」

「どういうわけかわからない。何しろ遠いところへ行ってしまうと、たしかに呼ばれているような気がするんだ。近よってみると、まるっきり、そんな気配はありゃしない」

「あらあら、どうしてかしらね？」

「マコトが無いからさ」

「こっちが言いたいことですよ」

「マコトって、あんた、手を拱《こまぬ》いてそれで通じるもんだとでも思いこんでいるの？　反対だ。この頃、身にしみてわかってきたけどね、マコトって奴はつまりは表現さ。技巧ですらあるですよ。かりにどんなに見えすいたお世辞でもね、言うは言わないよりまさる。マコトが深い。アワレも深い。オレはそう思う」

「そうかしら」

「年を取ってきたからね。せっかちになってきたからね。思うことがやたら欲深い」

「へえー」

「むかしはね、苦しいほど心が燃えたっていても、その人を前にすれば金輪際口をつぐんでいたもんだ。そいつがマコトだと思っていたからね。マコトの質が、自分の年とともに幾変遷《いくへんせん》遂げるらしいや」

「堕落したんですよ、それは……」

「向上したんだよ。婦女誘拐《ゆうかい》に便利な方向に……」

「あらあら」

「オレはまたの世が無いっての残念だ。またの世では、山の中で畑をうって、額に汗して働くよ」

「まあー、感心」

「人には見えすいたお世辞ばかり言ってやる。……時に、今日はほんとうに素晴らしいじゃないか、おマエさんは……」

「いやいや。アタシの頭まで変になってきちゃったわ、いっそ飲みましょうか?」

「飲もう。ダンゼン飲もう」

私はその女と腕を組んで、深夜の酒場から酒場を渡り歩き、いつのまにか大勢よっている友人達の哄笑《こうしょう》のなかを、なるべく破廉恥に腰を抱えては踊る。そのまま新宿の屋台に抜けて、朝方近くまでしたたかに飲み歩いた。さてそれぞれを自動車で送りながら、

「このまま、熱海まで飛ばそうか」

その人は黙って、暗い前方を見据《みす》えたまま、肯定も否定もしなかったが、

「よせよせ、今日はよせ」

珍しく助手台に一人残っている友人の方が制止した。見覚えのあるその露地の角、石屋の石塔の類が乱雑に林立しているあたりから、女は朝霧の中にソッと手をあげ、まっすぐ首を立てて消えてゆく。

帰りついたのは午前四時だ。

「まあー、今頃……。いつでもお留守の時で嫌《いや》ですけれど、次郎が何だか悪いんです」

「次郎？　それで、医者には見せた？」

「はい、見せました。何とも仰言いませんけれど、扁桃腺《へんとうせん》もはれているんですって」

私はよろけながらその次郎を電燈の光の中にすかしみたが、酔った頭に、何の思慮も浮ばない。蚊帳《かや》の裾《すそ》から手をだけさし入れて、歯を喰いしばったような次郎の額をさぐってみた。燃えるように熱い。

「扁桃腺だろう。何しろこう暑くっちゃ、大人だって参る」

細君と子供をその蚊帳の中に残し、自分だけひどく空虚な酔いに揺すぶられるようにして、新築の離れの書斎にひきとった。朝の蟬《せみ》が啼《な》きしきっているのである。

酔生夢死[37]。それをとりたてて罪悪だなどとは思わない。警醒《けいせい》の偉人の声も、いずれはこの啼きしきる蟬のなかの、少しばかり調子のはずれた蟬ぐらいのものだろう。人間から聞いてみれば、ただ一色、真夏の日盛りのはかない夢でないものが一匹でもあるか。

まるで炎暑を抱きよせるようにして、昏々《こんこん》と眠り込んでいる。が、ようやくゆすぶり起されていることに気がついた。

「ちょっと、起きて見て下さらない。次郎がひどく悪いんです。ひきつけているんです」

「医者は呼んだ?」

「はい、お医者様は呼びにやっておりますけれど……」

私はまだ醒《さ》めきらぬ酔いをひきずるようにして、母屋《おもや》の廊下から匐《は》い上る。女中が次郎を抱えとっていた。シャモジにタオルをぐるぐる巻きにして、そのシャモジを口にくわえさせられている。いや、喰いしばっていると見えた。奈落《ならく》の果てを泳いでいるように見える。

「次郎。次郎」と大声をあげて呼んでみたが、全身の痙攣《けいれん》だ。額に押しつけている氷嚢《ひようのう》の下に、もがいている。折からの正午の照り返し、と、木の葉の反照を浴びて、青ざめくねっているその次郎の姿が、何か新しい野獣の精気をでも帯びているように私には感じられた。医師が来る。

「すぐ、どこかにお心当りの病院に入院させていただきましょうか」

「どんな状態でしょう?」

「さあ、ウナジのところに硬直が来ておりませんから、今のところ日本脳炎でもなさそうですが、二三日で熱が下って麻痺《まひ》が来れば小児麻痺……脳膜炎……ハッキリわかりませんけれど、やっぱり入院させていただきましょうか？」

すぐにタクシーを呼んだ。ツワリがひどくこの十日余り、寝たっきりの細君をやるのは気の毒だが、私は連載の新聞小説を切るわけにはゆかぬ。病院は、細君が次郎、小弥太、フミ子とつづけて三人を分娩《ぶんべん》した聖母病院が馴れていて万事好都合だと思ったからあらかじめ電話をかけさせた。先方は、

「伝染病ではないでしょうね？　伝染病は預かりませんよ」

と言っているそうだ。それがわからないから取りあえず連れ込むわけである。二人の重病患者が固く抱き合うような恰好で、母と子は、自動車に乗って出発していった。

考えてみると、今日は八月の九日だ。昨年の同じ八月九日に、私は奥秩父《おくちちぶ》の断崖《だんがい》の裾で、崖の上から落下してきた石に胸を搏《う》たれて倒れている。その時は、友人が呼んできてくれた慶応の石山博士に付きそわれて、自動車で山を降り、慶応病院に入院したが、前二本、後ろ一本の肋骨《ろつこつ》の骨折で、退院するまでにひと月ばかりかかっている。

その同じ日に次郎が入院するというのは、わが家の罪障がまだまだ拭《ぬぐ》い切れないようで、何となく胸がさわぐ。原稿が手につかないでいるうちに聖母病院から電話だと言っている。

「もしもし。あの――次郎は、日本脳炎だそうでしてここでは預かれないと仰言《おつしや》るんですよ。それで豊多摩病院に移していただくことになりました。ただ今、病院のお迎いの自動車が来るまで待っておりますが、原稿が済みましたら、直接向うの病院に来て下さいませんか」

細君の心細げな狼狽《ろうばい》の声が聞えている。私だって動顚《どうてん》した。日本脳炎とはいかなる奴か？兵隊の頃、久留米の界隈《かいわい》で、炎天の行軍から帰りついた兵士らがバタバタと倒れたと思ったら、それが日本脳炎で、大半は死んだという記憶がある。いや、その兵士らの噂より、外出禁止を命じられた兵営内のうらめしい鬱憤《うつぷん》の追憶だろう。

病気にはさまざまあるが、自分の家族に日本脳炎が発生しようなどとは、迂闊《うかつ》にも今日まで一度も考えて見たことが無い。

子供はほったらかせば育つ。現に私は浮浪児同然、ほったらかされ続けて育ってきたようなものだ。

私は自動車を呼んで残りの子供らを全部のせ、さながら物見遊山《ものみゆさん》のふうにそのクルマを走らせて、病院近い友人の家に子供らを預けると、自分一人、避病院の門をくぐった。

厳重な消毒だ。そこここ上ったり降りたりするコンクリの廊下である。もうとっくに日没は終っているが、裏町の露地ででもあるように、その廊下にチョロチョロと子供らが走り、窓際に浴衣《ゆかた》の老人や、エプロンのおかみさん達が涼を入れている。

部屋はすぐわかった。八畳ぐらいの病室に寝台が三つ（縦に二つ、横に一つ）据えられて、そのハザマのところに板を敷き、蒲団《ふとん》を展《の》べ、付添いの家族らが思い思いに坐っていた。つきあたって左手は二十歳ぐらいの青年だ。付添いは妹さんだろう、渋団扇《しぶうちわ》で患者の胸もとをひっきりなしにあおいでやっている。

「痛いよう、痛いよう」

「そんなことを言ったって……」

と患者の大声に気がとがめるのか、その付添いの妹は氷嚢を押えながら、こちらをぬすみ見る様子である。

その右の寝台は三四歳の子供だが、もうまるっきり病気の様子には見えず、寝台からすべり降り、ハザマの蒲団に坐っている付添いのおッ母さんの膝の上に馬乗りになって、おッ母さんの乳房をひきずり出している。

「ええ、ウチの子は脳炎じゃなかったのよ。熱が高いでしょう、泡《あわ》を喰っちゃって、ここへ連れこんできたんだけど、三日目からケロリなのよ……」

私はあらためて次郎を見たが、まわりの喧騒など何も知らぬげで、昏々と睡《ねむ》りつくしているように見える。熱は四十度六分。

「オマエさん大丈夫か？　今夜の付添いは」

「ええ」

「付添いの看護婦さんを呼ぶがいいが、今夜はとても駄目だろう」

「いいえ、ズッと私大丈夫」

私はこの部屋には思いがけぬ親近をすら感じたけれど、今日までずっと寝込んでいた細君だ。次郎よりその母の方が参りそうで不安だが、しかしほかに適当な方法が考えつかぬ。

「じゃ、くよくよするな。きっと助かるような予感がする」

私はそれだけを言い残すと、病状を医師に問いただす気もおこらず、サッサと友人の家に引き揚げた。友人のところで出してくれた御馳走《ごちそう》を立ったり走りまわったりして食べ散らしている子供達をそのままに眺めながら、しばらく酒を飲む。

「助かるよ、きっと」

「うん、助かる」

「その上で、どこか慶応あたりに移そうじゃないか？」

「うん、頼む」

太郎が座敷に走りこんできた。

「チチー、今ラジオで次郎が死んだって言ってるよ」

「ふん、何かの間違いだろう。だって今まで父は次郎の手をチャンと握っていたんだもの」

「だって言ってたよ、ね、オバちゃん」

気遣わしげに一緒に入ってきた友人の奥さんも、

「言ったような気がしたけれど、でもきっと間違いでしょうね」

「間違いです」

これ一つだけは確信があった。二十分と経過していない。その二十分内に次郎が死に、病院から新聞社、新聞社からラジオと、そういう偶然の速報が重なってゆくとは考えられないことだ。しかし、一時間後のことはわからない。

三日目の夜更け、電話で病院から呼び出された。

「危ないのですって。おいで頂くように先生から注意がありました。今朝から病室が変ってりますから……百五十号。次郎一人です」

細君の声は割に落ち着いて聞きとれた。瞬間、金魚鉢の中に溺《おぼ》れかかった次郎の姿、太郎の赤フンドシを締めて相撲の四肢《しこ》を踏む姿、嫌がり嫌がり幼稚園に送り出されてゆく姿、それらが細君の細い電話の声に乗って眼の中にいちどきに浮び上ってくるようで、

「いや助かる。すぐ行くけれど……」

「はい、済みません」

幸いと子供は全部寝鎮まっている。私は写真機を二つぶら下げると自動車を走らせた。

その新しい病室には医師が一人、看護婦一人、それに付添いの看護婦も来てくれたようでちょうど注射の最中のようである。

私の眼にも容易ならぬ状態に思われた。はだけた胸が、急激にふくれしぼんで、フイゴのような音を立てている。それに暑い。昨日持参したゴムの木が、次郎の枕の方ににぶい葉の色をひろげている。医師は処置を終ると、

「ちょっと、おいでを願いましょうか?」

私は深夜の医務室に、その医師と向い合った。

「御覧の通り、呼吸麻痺がおこっておりまして、かなりの重態です。しかし、このまま三日もてれば……」

「三日もてれば助かりますか?」

「はあ、大体日本脳炎は一週間を越えると降り坂になりますから」

「ほんの家内の気休めにしかならなくても結構でございますが、酸素吸入などしていただけませんか?」

「ええ、ただ今その準備をさせているところです」

酸素吸入のボンベが持ちこまれ、そのゴムの管が次郎の鼻孔に通される。やがてそのハンドルが静かに廻されると、規則正しいカツンカツンという振子の振動が起り、管の通されたガラ

ス瓶《びん》の中に、酸素の気泡《きほう》が間断なく湧きはじめた。

額に氷嚢、眼には湿布、鼻孔に吸入のゴムの管、ふくれしぼむ次郎の胸もとをカメラでねらってみたが、暗さのせいもあって、シャッターは切れなかった。

夫婦は慰め合うこともできぬ。時間を待ってみるよりほかにほどこす術《すべ》がない。

深夜、制服制帽の素朴な守衛が廊下を通りすがりにのぞきこんで、

「嫌な病気だからね。ハタから見ちゃおれないね。ま、お大事に」

そう言い残して去ってゆく。付添いの看護婦が時折、吸入器の気泡の調節をやっている。次郎の母は、興奮から黙りこんだままでいたが、

「日本脳炎って、かりに癒《なお》っても、後がこわいんですってね。バカとか、片輪とか……」

「後のことは考えまい。今が生き延びられれば結構だ」

その三日が奇蹟的《きせきてき》に持ちこらえられた。半白の受持の医師がやって来て、「次郎君、大した心臓ですよ。もう一息。後は後遺症の問題ですが……」さすがに嬉《うれ》しそうに、口もとをほころばせて帰る。

隣室の六歳の患者は入院して九日目にワッと泣き出してそれから意識が恢復《かいふく》したそうである。今は母親だけに聞きとれる不思議な声で、喋《しやべ》っていると言う。

「意識がさめるまで付添い看護婦さんにまかせて帰ったらどうだ?」

「でも、もう二三日のことでしょう」

帰りたがらぬ細君を、無理になだめて連れ帰る。次郎も痩せたが、細君もちょうど半分ぐらいに痩せ細ったからである。

九日、十日、十一日、十二日。細君を自動車で病院に送りとどけ、私は市中の酒場から電話だけかける。

「もう、わかる?」

「いいえ」

「じゃ、先に帰っときなさい」深夜病院の脇を自動車を疾走させて、「次郎がんばれ、次郎がんばれ」大声をあげて通過するだけだ。

それでも食物は鼻の中から入れている。二週間目ぐらいに、次郎は眼をパッチリと明けた。澄み通った底の知れぬような眼の色だ。が、何の反応も示さない。うつろに開いてジッと虚空を眺め上げているのである。

気がかりなのは手足が硬直してきたことだ。足は反《そ》ったように伸ばしている。手は胸もとへ、生まれ立ての赤ん坊みたいに折りまげたままだ。開けば開かないこともないが、憐れな声で泣くのである。

流動物だけを口もとから一時間も二時間もかけて流しこむ。しかし、次第に嚥下《えんか》することに慣れてはゆくようだ。

「どこか、別の病院にお移しになりますか？　もう後遺症の問題ですからね、ここよりも、いろんな設備の完備しているところがよろしいかもわかりません。手や足もちょっと心配ですからね」

受持の医師が言ってくれている。すすめてくれる人があって、すぐに東大病院に頼みこんでみると、幸い隔離病棟《びょうとう》の一室が明日あくと言っている。

その翌日の午後、車で運ぶ。付添いの看護婦もそのまま東大に移動してもらうことにした。ミナシ児《ご》だというこの看護婦は、まったく寝食を忘れて次郎を介抱してくれているのである。

次郎が眼を開いたばかりの時に、

「あら、この眼、可愛《かわい》いわ。どんな声かしら？　お話がしてみたいわね」部屋の隅《すみ》で、次郎を撫《な》でながら、独《ひと》り言《ごと》をいっていたことがある。その言葉の通り、もし次郎が喋れるようになるならば、その喋れるようになるまで、付き添ってもらうことにきめた。

四十日、五十日。

食欲だけはなはだ旺盛《おうせい》になってきたように思われる。しかし、固形物は駄目で、水分の多い練ったようなものしか喉を通らない。舌の上にのせてやっても、それがどのあたりにあるか、どう移動させて嚥下するか、そこのところがハッキリとのみこめぬものらしい。

キャラメルを入れてやるとしばらく口をもぐもぐさせているが、やがて泣く。歯にはさまって、どうしていいかわからないふうだ。折々、食物を掬《すく》いこんでやるその肝腎のスプーンを、ガッキリと嚙み取って、不思議そうにいつまで経っても放さない。

しかし、私は次郎の脇に一時間も二時間も黙って坐りこんでいると、淋しい鎮静の心が湧くのである。趣味、嗜好《しこう》、いや審美の根源を洗われるふうだ。

幸福という奴は何物だ？　うつろな眼にも、物の影像はたしかに揺れつづけているに相違ない。美しく、また参差《しんし》として……。耳は、単調な清潔な打楽器を聞いているようであろう。私は時折、オルゴールをかけてやって、次郎と二人して聞く。

今日、発病六十日目。次郎が笑ったのである。そのまま太古のもののような幽玄な微笑であった。私は細君をひきつれて、病棟から校門まで、三十年ぶりに大学の銀杏《いちょう》の下を抜け、絵具屋に立ち寄って、油絵具を五千円ばかり買った。

毎日早朝に病院へ通い、昼の間、次郎の肖像を描いてみるつもりである。かりにこのままの次郎が誕生したとしても、一万年の生命の流れの悠久《ゆうきゅう》に思いくらべれば、何ほどのことがあるだろう。太郎の幸福と、次郎の幸福と、いや地上もろもろの幸福と、どこに格段の軽重があるか？

私はこれまた三十年ぶりに百万石《ひゃくまんごく》に妻を伴って、絶えてない夫妻だけの食事をした。

「なーに、北海道に牧場を買ってやる。牛一頭二十五万円だそうだから、一年に二頭ずつ、十年に二十頭は買えるだろう」

「そんな大変なことをして下さらなくったって、三等郵便局で結構です。私が生きている間は面倒を見ますから、あとはお嫁さんだけね……」

「よーし、その郵便局にジープとスクーターを五台ずつ寄付してやろう」

愚かな父は、もう酔いを発して大声をあげているようだ。

光る道

火焚屋《ひたきや》の衛士《えじ》に竹柴《たけしば》(38)ノ小弥太《こやた》と呼ばれる男があった。年は二十三のはずである。武蔵国《むさしのくに》竹柴からさし出された東男《あずまおとこ》だが、体が大きく、とりわけその眼が美しい。鳶色《とびいろ》に澄みとおった、あてどのない光を帯びている。

なみはずれた膂力《りょりょく》を持っているくせに、あまり衛士の生活には馴染《なじ》めないふうで、生まれつき天然をよろこぶ性情のようである。

衛士と申すのは、全国から徴用されて、左右の衛門府に属し、宮廷の守護にあたるわけで、

み垣守《かきもり》衛士の焚く火の夜は燃えて昼は消えつつ物をこそ思へ(39)

と歌にも詠《よ》まれている通り、庭火や篝火《かがりび》をアカアカと焚いて夜の皇居を守るのである。任期はその昔は三年だとも言われたが、この頃は一年に短縮されていたらしい。

それでも小弥太は、宮廷の衛士の仕事がよっぽど性分に合わないものと見えて、例の鳶色の行方も知れぬ眼の色で、遠い木立のザワザワと揺れる梢《こずえ》の葉擦《はず》れを眺《なが》めやっていることの方が多い。

火焚屋というのは、言ってみれば篝火を焚いている衛士の番所だが、その火焚屋の中でも、

人とあまり喋《しゃべ》り合うようなことはない。孤立して見えるけれども、その性情は人なつっこいようだ。ただ、世間話や、宮廷内の噂話《うわさばなし》などにあまり興味を示さないのである。

しかし、時折、

「今頃はウチラ辺ではな、鴨《かも》がつかみ獲りできる時分だぞ」

とか
「葦《あし》が揺れているだろうな……葦が……」

とか、

「石が光っているだろうな、石が……」

誰に聞かせるともないひとりごとをつぶやいていることがある。

「何だい、その葦っていうの？　いや、石っていうのはさ？」

「ウチラの川に飛び込んでみたらの話だよ」

「ふーん。さっぱりどうも、おまえの言う話はピンと来ない。何ぞ身投げでもやらかしてみる気かい？」

篝火の脇で、ほかの衛士らの哄笑《こうしょう》が湧《わ》くのである。しかし小弥太は別段怒り出すふうもなく、またジッと炎のゆらめきに眺め入っているといった有様だ。

晩夏の午前のことである。

竹柴ノ小弥太はいつものきまりで、御殿間近いおん前の庭を掃《は》いていた。が、その手はともすると滞《とどこお》りがちである。

心地のよい微風が、絶えず湧きたってくるようで、一晩の夜気に冷やされた土や玉砂利が、透明な陽射しを浴びながら、一粒一粒クッキリと数えられるように見渡せた。

秋と言えば、何となくもう秋である。

小弥太は箒《ほうき》の手をやめて、

「いいだろうな、今頃は……」

また一掃き掃いては、光の中に眼を細め、

「ぼんやりと、ウチラの酒甕《さかがめ》の脇の段梯子《だんばしご》の上にでも腰をおろしてりゃな……」

もう一掃き、今度は自分で肯いて、

「いくつもいくつも酒甕がならんでいてサ、そうだ、ちょうどこのくらいの風がありゃ、その酒の上に、瓢簞《ひょうたん》びしゃくが揺れてらあな」

「東から風が吹きゃ、西にユラリ……か、南から風が吹きゃ、北にユラリ……か、たまんねえ」

「それも見ねえで、このザマだ」

あとは天を仰いで長歎息になった。

誰一人聞いているはずもないこの若い衛士のひとりごとを、御簾《みす》の蔭から柱にもたれて聞いていた者がある。

みかどの三番目の姫宮だ。十六歳の誕生日を迎えたばかりの姫である。その姫御子《ひめみこ》の弱々しい額のあたりに、御簾を洩《も》れる午前の陽射しの縞《しま》が、横に流れてふるえて見えた。

御簾の外から内は見透せないが、内から外はよく見える。

三の宮はよほどの感興にでもかられたらしく、ツッと御簾をかかげ、

「おのこ、おのこ。もっとこちらに寄るがいい」

思いがけなく貴《とうと》い婦人の声を浴びたから、小弥太は暫時青ざめた。が、もう口に出してしまったことである。

「ハッ」

とかしこまって、欄干の側にひれ伏した。

「随分面白いお話だことね。一体どんなヒサゴかしら？」

「はい、瓢簞を半分にたち割ってカラカラに乾かしただけのひしゃくでございます」

「そのヒサゴが風に吹かれてどんなふうになびくのだえ？」

「はい、東から風吹けば、西にユラリ……、南から風吹けば、北にユラリ……」

「もう一度、はじめからその酒壺《さかつぼ》のまわりの話をして聞かせ? 先ほどの通りだよ」

「はい」

と衛士は額の冷汗を拭ってから、

「一体どんなところから喋りはじめておりましたろうか?」

「今頃は……と言っていたような気がしたけれど……」

「はい、今頃は随分いいだろうなあと申しておりました」

「それから……」

「はい、段梯子に腰をおろして、酒甕の酒のオモテを眺めていればでございます」

「その酒壺はどう並んでいるの?」

「はい、いくつもいくつも並んでおりまして、そのお酒の甕ごとに瓢箪びしゃくが浮んでいるのでございます」

「そのふくべが?」

「はい、浮んで揺れているのでございます」

「このくらいの風だと申していたようね?」

「はい、ちょうどこのくらいの風がありましたならば、その酒のキレイな上澄みのオモテを、瓢箪びしゃくがそりゃおもしろくすべります」

「東から風が吹けば……?」

「はい、西にユラリ」

「南から風が吹けば……?」

「はい、北にユラリ」

「それから、まだ何とかお言いだったねえ?」

若い衛士はなおさらにじみ出してくる汗を拭って、

「はい、それも見られねえで、こんなザマだとたしかに申し上げました」

そう言って、もう死罪を覚悟したように、三の姫君の尊《とうと》い顔をあらためて眺めあげた。いっそ処断されるならば、その前に一目なりと姫の顔を見とどけておいてやろうと思ったからである。

「このわたしを負ぶって、そこまで逃げておくれ……」

三の姫宮の美しい唇からすべりだしたこの思いもよらぬ声は、若い衛士の耳にさながら青天の霹靂《へきれき》のように聞きとれた。

しばらく歯の根が合わぬほどである。

「よろしいか?」

「はい」

「では明日の夕まぐれ、夕涼みに出ると申して、賀茂社の間近まで牛車《ぎっしゃ》を出しておきますから、おまえの手でこのわたしを奪いとっておくれ」

「はい」

衛士がもう一度オモテを上げた時には、もう御簾はおりていた。


一介の火焚屋の衛士が、やんごとないみかどの姫宮をさらって逃げる……、さらって逃げよとはほかならぬ当の姫宮がこの自分に向って申し出された言葉なのである……。

竹柴ノ小弥太を見舞った一昼夜の興奮《こうふん》と酩酊《めいてい》は、いくら誇張して考えてみても、過ぎるということがないはずだ。

まるで、はてしのない大波にゆすぶられているような心地である。しかし、その揺れる大波の中に、やがて一本の白く光る道がスルスルとさし渡されてゆくように感じられていって、

「よし、やる。たとえ八裂きにされたって、あの姫宮を、並ぶ酒甕の、ユラユラのひさごのそばまで、負うてゆく……」

するとかげろうのように美しい姫宮を抱きよせながら、段梯子に腰をおろして、ジッと酒甕の酒のオモテを見まもっている自分の姿が眼に浮んだ。

酒のオモテには、絶えずチリメンのようなさざなみを立ててすべりよる風があり、そのさざ

なみの伸縮に追いすがって克明に冴える秋の陽射しがあり、
東から風吹けば西にユラリ
南から風吹けば北にユラリ
浮んでゆらめく瓢簞びしゃくの吹き靡《なび》く姿までが、さながら手にとるように見えてくるのである。

その一昼夜が、若い衛士にとって、ちょうど十年にも思われた。夜は夜もすがら、篝火の燃える炎のゆらめきを見まもりながら身じろぎ一つしない。

しかし、この二十三年の自分の生涯というものは、あの光る姫宮のかぼそい体を奪い取るためのものであった……。ようやくしらじらと明けそめてくる暁の空を眺め上げながら、衛士はこまかにふるえてくる足腰をたてなおして、肯いて立ち上る。

「よし、やる」

竹柴ノ小弥太はその夕暮れが待ちきれぬほどであった。

が、次第に色づいてきた夕陽射しのモヤモヤを築地《ついじ》の傾斜のあたりにもどかしく見まもって、やがて手持ちの杖《つえ》を握りしめると、衛門衛士の交替にまぎれこみながら、スルリと禁門を逃れ出す。

まっしぐらに走り、いつのまにか賀茂川べりに出た。夕まぐれの水の底に、白い小石どもがなまめかしくゆらめいていたのをよそながらたしかめたような記憶もある。

牛車の位置はすぐわかった。賀茂社にま近いしだれ柳の糸の葉になぶられながら、ひっそりと夕べの靄《もや》を招きよせているように見えた。

「三の姫宮様のお迎いに参上」

と衛士は生まれてはじめて宮廷内の正式の送り迎えの時の口真似になって、大声をあげた。

牛車の中からは何の応答もない。

ただあやしいくせものと思ってか、警護の武士らがバラバラと襲いよったから、衛士は杖をふるって相手方を突き倒した。一たまりもないのである。

「三の姫宮様のお迎いに参上」

ともう一度大声をあげ、牛車のま近にかしこまった。相変らず牛車からは何の答えもなかったが、瞬間、その夕闇の中を、白い衣《きぬ》ようのものが横ざまに飛ぶように見えて、衛士の肩にフワリとまつわりつくものがあった。類《たぐ》い稀な伽羅《きやら》の香が立つのである。

若い衛士は立ち上って、韋駄天《いだてん》のように走り出した。

この二人の失踪については、

「ハイ。何やら匂うものを首に靡《なび》かせた大きな男が、東に向って飛ぶように走っておりました」

と目撃者の異口同音の証言があるのである。

二人は随分と永い時間、一言も喋り合わなかった。ただ、二人の襟首《えりくび》のあたりで、やたらに星が後ろに流れた。

次第に歩度がにぶってくるにつれて、若い衛士は自分の背に負っているものが、ほんとうに三の姫宮であるかどうか、ひどく心配になった。

なるほど、ほのぼのとした人肌《ひとはだ》のぬくもりのようなものは感じられる。しかし真綿かなにか、そんなものを負わされているかも知れないようなしきりな心細さにもなっていった。

名もない小川をかち渡った時のことである。岸の草いちめんに露敷いて、その千万の露が、折から月の出の逆光を浴びながら、真珠をバラ撒《ま》いたように輝き出した時に、

「おのこ。あれは、一体なに?」

はじめて首のあたりから溜息《ためいき》のような息遣《いきづか》いと一緒に美しい声がこぼれだした。小弥太はそれがぞくぞくするように嬉しくて、

「何って、あの光っているものでございますか?」

「そうよ」

「やっぱり、露ってものじゃねえんですか?」

「あれが露?」

「はあ」

「白玉の露?」

「たしか、そんなもんでごぜえましょう」

「おまえの家のまわりにも少しは置いてあるのかえ?」

「そりゃ、姫宮様。ウチラのまわりにだって、露ならいくらだって、あることはありまさあ」

負われている姫御子の手が、何となくイキモノの感じで、衛士の肩にまつわりついてくるようにも思われた。衛士はその反応をたしかめなおしてでも見るように、姫御子の腰のあたりにまわしている自分の両手を、そっとひきしぼってみるのである。

光っているのは露ばかりだ。天地寂莫《じやくまく》。それでも、かすかながら、姫御子と衛士の間に、ゆきかようなにものかが感じられた心地で、若い衛士は有頂天になった。しばらくその流れを、チャプチャプとかち渡ってゆくのである。

「おのこ。水を賜《た》べ」

「水って、お飲みになる水でございますか?」

「ほかの水があるの?」

「ほかの水って、格別の水はごぜえませんけれど、何ならこの川の水を掬《すく》ってさしあげましょうか?」

「これもやっぱりおんなじ水? あの飲む水?」

「はあ。大して違うもんのような気はいたしませんけんど……」

とまず男は片手で流れの水を掬ってから、まず自分の口の中に飲みほした。

「賜べ、賜べ」

と姫宮が青年の襟首のあたりからもどかしげな声をあげている。

衛士はその姫宮の体をかるがると背中から前にまわし、半ばかがみ腰になって膝の上に抱きとると、ちょうど月光を掬《すく》い取るように、右の手の窪《くぼ》で、流れの水を掬いあげ、その水を姫御子の小さく開いた口もとにはこんでいった。姫御子の喉元《のどもと》がコクリと鳴り、

「賜べ、賜べ」

とまた磬《けい》をうち叩くような声になる。衛士は手に結んだ水を何度もその細い口の中に流しこんだ。

姫御子にようやく満足の気配が現われる。

衛士は月光のなかで、はじめて姫御子の顔をつくづくと見守った。驚くほどの美しさだ。抱きとってみるというよりは殺したい……。よくまあこんな美しいものを自分の両腕のなか

にかすめとれたと、その思いがけない僥倖《ぎようこう》がそらおそろしくさえ思われる。さしずめ、自分以外の誰の眼にさらしてもならないなと、とっさに衛士はそう思った。そのためには、夜の間に走っておいて、昼はどこぞ人里離れた森蔭や山の中などに退避するよりほかにないだろう。行先はもうどこでもよい。衛士は姫宮を自分の背に負いなおすと、また疾風のように夜の道を走りはじめた。

三の姫宮は走っている衛士の肩の上で、目覚めているようにも、眠っているようにも、見受けられた。時折、風の向きにつれ、不思議な嘆息と一緒に、伽羅の香の濃淡が匂いよってきて、姫の手はだるく衛士の肩にもたれかかったままである。

色のある月が、山の端にようやく落ちつくそうとした時だ。

「おのこ」

と例の磬を叩くような姫の声が湧いた。

「おのこは、前にもこのように、おんなを負ぶって走ったことがあるのかえ?」

「えーと、オフクロが生きていたころまでは、ちょくちょく負ぶらされたこともありましたっけがね」

「そのおんなが死んでからは?」

「オフクロが死んでからってえものは……」

と衛士はちょっと走りやめて、

「下種《げす》おんなの話になりますが……」

「たとえどんなおんなの話でも……、続けて見よ」

「負ぶったと言うよりは、抱《かか》えたんでさあ。枯葦のなかに抱えこんでいって、たわけたわけでございます」

「たわけた？」

「はあ……」

「何ぞあわれ深いことか？」

「そりゃもう、ザワザワと枯葦は騒ぐ……、息づまるほどにもあわれなこってさあね」

姫のだるく差しのべられた手が心持ちゆれやんで、

「その枯葦のあたりまで走って見よ」

「その枯葦の汀《なぎさ》まででございますか？」

姫は答えずに、もどかしげに身を揉《も》んでみせている。

竹柴ノ小弥太はここかしこ、せめて葦の群立つあたりまで走って見たいと思ったが、生憎《あいにく》と葦の叢《くさむら》はどこにも無かった。

「ススキではいけませんのですか？」

「ススキと枯葦とは同じものかえ?」

「さあて、大して違うもんだとも思いませんけんど……。よしんば葦原をめっけたにしても、まだ枯れきっちゃおりませんや」

次第に味爽《まいそう》の気配である。小弥太は高原の方に道をえらんで、ススキの叢を押し分けながら登っていった。

あさまだきの嵐が起っているのか、そのススキの葉裏がしらじらとおもしろいほどに吹きなびく。

「おのこ。おのこ」

と三の姫宮のかぼそい手がそのススキの葉擦れをおそろしがるふうで、何となく衛士の肩にしがみついた。

行手にあたってうっすらとあかね色の曙光《しょこう》がにじみはじめている。その果てのあたりから、野ヅラ全体、なびきよせるススキの穂波はなおさらに凄涼《せいりょう》のおもむきをました。衛士は身裡《みうち》から揺れ出すような胴顫《どうぶる》いになるのである。

「おーい、おーい」

と衛士は見渡す野ヅラに意味もない声をあげて、しばらくつっ立っていたが、そのままのしゃがみこむと、こともなく、三の姫宮をススキの叢の中にころがした。匂うきぬぎぬをむしり取るようにしていって、その姫の柔肌《やわはだ》が野嵐に暴露するのを見てとると、いちいち自分の肌でふさぎとめるようにしてゆきながら、衛士は野性を呼び戻されたけだもののようにふるえやまぬ。吹きなびくススキの葉揺れははてしもなくて、その中に弱い呻吟《しんぎん》と、

「おのこ。おのこ」

の断続する声があわれ深く入り混った。動揺するススキの原いちめん、やがて、大明時《おおあかとき》(40)のようである。

竹柴ノ小弥太が目覚めた時に、三の姫宮はすぐ傍《かたわ》らの椎の木蔭で、一人ジッと、初秋の朝の陽射しをよけていた。今の今、天女が荒野の中に放逐されたかと思われるばかりの風情《ふぜい》である。よくまあ草刈りの小男などに見付け出されなかったものだと小弥太は自分の迂闊《うかつ》さに脅《おび》えながら、あわてて駆けよってみると、

「おのこ。供御《くご》のモノは？」

姫の誇り高い声には何の翳《かげ》りも感じられなかった。

「クゴと申しますと？」

「おや、おのこらは、朝夕の供御を毎日摂《と》らずに済ませているのかえ？」

「すると何でしょう……、おマンマのこってすな？」

小弥太はクゴの意味はすぐに察しがついて、むしろその肝腎《かんじん》の食糧調弁の手立ての方を考え考えながら言っている。乞う？　盗む？　殺す？　これらの情景をあわただしく脳裡《のうり》に描いてみるときに、その一番殺伐な方法が身近な現実性を帯びて感じられてくるものだ。

「ヨシ、じゃ、最寄《もよ》りの山家まででもお供いたしましょうか？」

一際《ひときわ》目立つ貴婦人を抱えながら、昼日中からうろつきまわることは危険だが、カレイの用意も何もしていないからには、どこぞ民家を見つけだして、朝メシを整えるよりほかにはないだろう。それよりどこかに姫をかくまっておいて、自分一人食糧を探しに出ようかとも考えてみたが、留守の間にさらわれてしまいそうな不安の方がやっぱり強かった。

衛士はあらためて姫を背に負うと、またススキの道を走っていった。一度山裾《やますそ》のあたりに五六軒の民家を遠望したが、これはよける。できることならば、孤立した一軒屋を襲い、その家でせめて、二三日の餓えは凌《しの》ぎたい。尾根伝いに山の道を次第に奥へ奥へと拾ってゆくのである。

が、まるで天が与えてくれたように、山また山にかこまれた広くもない沼があり、その沼のほとりに一軒のアバラ屋が見えた時に、竹柴ノ小弥太はこおどりしたほどだ。

「オッと、おあつらえ向きの家でさあ」

「家？」

「いい家ですな。まるでしばらくの仮の御座所に、とっておきみたいだね」

「何と申す御所じゃ？」

「沼の御所とでも、山の御所とでも、葦の御所とでも、まあどう呼んでも申し分のない家ですな。沼のぐるりをまんべんなくザワザワの葦たあ……ありがたい」

「どれが葦？」

と姫の指先が小弥太の肩をくすぐったく揉んでいるように感じられた。

「それ、沼のホトリにやたらゆすれているヤツでさあ……」

その小さい沼は、山と空をうつして、ひっそりと鎮《しず》まりかえっているように見える。沼のまわりを、葦が蔽《おお》って、その葦の青葉が秋風にそよぎ立っていた。

「では、ちょっくら様子をうかがって参りますからな」

竹柴ノ小弥太は、肩の上の姫宮を盛りの萩《はぎ》の花の中に置くと、

「姫《ひ》イ様。しばらくここでお待ちおきを願います。お動きありまするなよ。なんぞ、事が起りました節は、大声をあげてヤツガレを呼んで下さりませよ」

それだけを言い残すと、まっしぐらに沼に向って走り降りていった。

門口からのぞきこみ、

「もーし、今日は。今日は」

ガランと鎮まり返ったまま家の中からは何の応答もないようだ。

「いないのか？　いないのか？　三の姫宮様のお出ましたぞ」

相変らず何の音もないようだから、衛士はそのまま家の中に入り込んでみた。薄暗い土間の奥のあたり、鉈《なた》や鎌や鍬《くわ》の類の鈍重な生活の器具が見え、板の間の中央に大きな炉が切られて、粗朶《そだ》の燃えさしが青い煙をあげながら燻《くすぶ》り残っているのである。山か畑に出払っているのか、今は無人の様子に見受けられた。

衛士は粗朶の火がなつかしく、框《かまち》をあがると炉端までよってゆき、その残り火の燃えさしを寄せ集めて、フウフウと燃えあがらせながら、このままここに住みついてあとはどうにでもなれとそんな気持になった。

山家を出る。見上げると紅白の萩の花の中に涼しげに立っている姫の姿が眺められた。そのまま岡をかけ登り、小弥太は盛りの萩の花の中にとってかえした。姫の前にぬかずきながら、大声をあげて、

「三の姫宮様。お迎えに参上」

その姫をようやく燃える炉端に抱えおろし、粗朶火をかき立ててゆくと、さすがにこの姫につながる生活のよろこびがとめどなく湧いた。

鍋の湯がたぎりはじめたようである。小弥太は丸木をえぐりぬいた大きな椀《わん》をみつけ、その

椀の中に鍋の湯を汲《く》み入れて、

「姫イ様。オブはいかがでしょう?」

姫宮の薄い唇がフーフーと椀の湯にさざなみを起しながら、やがてコクリと嚥下《えんか》する。それを見守っている衛士の眼には、暗い家全体がはじめて息づいてきたようにさえ感じられるのである。

居間から土間、土間から出口、出口から少しばかりの坂になり、その坂の下にザワザワの葦が揺れ、葦の向うにとびぬけるほどの明るいアオミドロの沼が見えていた。

「ほら、東から風吹けば西にユラリのおのこの家も大体こんなもの?」

「まあね、これよりゃ、ちったあマシかも知れませんや?」

「まあー、これよりマシ? もっとあわれが深い?」

三の姫宮の驚嘆の声があがっている。姫は、散らばる粗末な生活の用具を、何もかも珍しがった。かわるがわる、自分の眼の前に運ばせたが、手にふれるのはおそろしそうである。

ヒウーヒウーと沼のあたりから鳰《にお》の啼《な》き声が聞えてきたときに、はじめて、

「おのこ、供御のモノは?」

と言った。

「そうそう、急いで見つくろうてみますかな」

衛士は土間に降り、ここかしこ、甕や壺を漁《あさ》り歩いたが、

「生憎と稗《ひえ》ばかりでさあね」

「稗？」

「よろしゅうございましょうか？」

「持って参ってみよ」

「このままでございますか？　粥《かゆ》にでも煮なくっちゃー」

「煮る？」

「へい、煮るんでごぜえます」

小弥太はその稗を両手一杯に抱えてきて、自在鉤《じざいかぎ》の鍋の中に投げ入れた。

「これが供御？」

「クゴかどうか知らねえけんど、まあ腹の中に流しこみゃ、いくらか腹がくちくなりまさあ」

衛士はひとりごとのように言いながら、またひとしきり粗朶をくべ、せっかちに、その火を吹いている。やがて、ゆーらりとした湯気が鍋の中から立ちのぼり、穀類の煮える特有のイキレが、そこらの空間の中にひろがった。

「おのこ、おいしそうね？」

「いいや、とても御殿のクゴだとかなんだとかいうようなあんばいには参りませんぜ」

「おのこらは、知らぬから、そのようなことを申す」

「へえー、こんなものよりか、まだ御所のクゴはオチますか？」

「それはもう、煙も立たぬ、火も見えぬ、まるで藻抜けの殻のようなものよ」

小弥太は鍋の中に一握りの塩をつまみ入れ、グツグツと煮立つものをしばらくかきまわしていたが、

「どうやら、できましたようですぜ」

椀に盛って差し出された粥を、三の姫宮はとつおいつ眺め飽きぬふうである。やがて無骨な箸《はし》を握らせられると、その粥を甘《うま》そうにすすりはじめた。

「今日は到着早々、こんなていたらくですけんど、なーに、おいおい、めっけまさあ。そこの沼にだって、目の下三尺くらいの鯉《こい》がいるとオレはにらんだ」

小弥太が有頂天の声で言っている。

三の姫宮は自分ではあまり食べたがらなかったけれど、衛士の野蛮な飲食《おんじき》の姿を見てゆくうちに、この男への次つぎと新しい愛着がこみあげてくるふうで、

「おのこ、もう一口食べて見よ。もう一口食べて見よ」

ひょっとしたら、三の姫宮は衛士の夢の中に、意識せずしてまぎれこんでいる数々の土着の生活を珍しがっていたのかもわからない。そうして衛士はまた、姫の好奇心を、桁外《けたはず》れに現実

離れしている気高い天人の夢だとでも思い違えていただろう。女は男の夢を摸索《もさく》しながらかえって数々の生活をさぐりあてていたようだし、男は女の好奇心をいぶかりながら、空翔《そらか》けるほどの美しい夢をつかみとったような気持でいた。

それでも二人は死ぬほど幸福であった。沼のほとりの破れ家が、この一組の男女の夢をほぼ調和的に交錯させているように見えた。

「おのこ。もう一度、ザワザワの本当の葦の中に抱え入れておくれ」

「ようがすともよ」

小弥太は姫宮をだきあげてざわめく葦の茂みのなかにかかえこむ。

姫のきぬぎぬを白日のなかにめくりあげていって、白妙《しろたえ》のようなその柔肌に降りそそぐ秋の陽射しをいとおしむのである。

「揺れてやしょう？　空が光っておりやしょう？」

葦の葉のこまかい影の紋様が姫宮の暴露された純白の肌の上に数限りもなく揺れた。

そのまま葦の葉蔭にもの憂いうたたねになるのである。

「おっと、そろそろ夕餉《ゆうげ》の支度《したく》にとりかからねえじゃ」

いつのまにか秋の陽射しが傾きかかっているようだ。衛士は姫をかかえおこすと、名残り惜しく葦の沼を半周して、無人の家に戻ってゆく。

土間に散らばった雑多な器具を、三の姫宮はことのほかに面白がった。竈《かまど》に火を移して炊爨《すいさん》をはじめてゆく小弥太のまわりを歩きながら、

「おのこ、これは何と言うものじゃ？」

「おのこ、これは何をするものじゃ？」

一つ一つ見て歩き、一つ一つ指して、その用途を一々実見しないと気が済まぬ様子である。

「これは、カマでさあね、カマド。クゴのものを煮炊《にた》きしやすんで……」

「これは簑《みの》と言いまさあ、簑。雨の日にかぶって歩きやすんで……」

「これは鉈と言いまさあ、鉈。それ、こんなふうにタキギをたたき切りやすんで……」

衛士は大鉈をふるって見せていたがフッと、

「姫イ様。万が一、姫宮様を奪いかえしにくるような奴《やつ》バラがおりましたならば、たとえミカドのお使いであれ何であれ、この鉈で叩き殺してやって、よろしゅうござりましょうな？」

「フフフ、フフフ」

と姫は含み笑っているだけだ。

「よろしゅうござりましょう？」

「おのこの思う通りにいたせ」

「アハハ、これ、この通り、一撃ちにブッタ斬って見せますゾ」

衛士が笑ってその鉈をもう一度ふるって見せた時だ。

「キャーッ」

という女の叫び声が湧いた。すぐそこのようである。小弥太が門口に走り出した瞬間、野良《のら》着《ぎ》の女が明るいたそがれの中を横っ飛びに飛んだ。

「オトウ。オトウ」

狂い出したような声である。

「な、なに？　野武士か？　物盗《ものと》りか？」

今度は男の声に代り、すぐ側の繁《しげ》みの間から、亭主らしい男が駈《か》け出した。手に鎌を持っている。その鎌を振り上げながら、ためらわず、小弥太をめがけて襲いよってきた。

とっさに小弥太はひるんだが、相手の猛襲をよける暇がない。振り上げた鉈を、必死になって打ちおろした。

ギャッと言う声である。討たれたのは自分だと思ったのに、相手の方が他愛なくのけぞった。そのまま倒れてゆくのである。

たそがれのモヤモヤと明るい沼がまうしろにあった。その沼を背景に、まるで眼の玉が拡散してしまったような若い農婦の驚愕《きようがく》の顔が、小弥太の目の中にハッキリと浮び出た。

「おい女、お前の亭主が悪いんじゃ。お前の亭主……」

女はよろけながら跪《ひざまず》くと、

「殺しておくれ」

ふるえる両手を組み合わせた。

「お前を殺すことは何もない。早く失《う》せろ」

小弥太はうめくように言いきかせたが、

「いんや、殺しておくれ」

素朴《そぼく》で豊満な全身をふるわせながら、はげしい歔欷《すすりなき》の声になった。分厚い唇が赤く半開きになって揺れている。その二重の腭《あご》からうなじのあたりを蔽っている軟《やわら》かいウブ毛までが、折柄の金色のたそがれの逆光を浴びていた。

それが何に替えがたいほど煽情《せんじょう》的に見える。小弥太は奇妙な感傷と欲望で棒立ちになったまま、

「バ、バカな。オ、オレの下働きになれや」

「いんや、殺して……」

女は小弥太の衣の裾にしがみついて、その衣をゆすぶった。

「ど、どうしやしょう? 姫イ様」

「おのこに入用のある女?」

「い、いんや！」

と小弥太は三の姫宮をふりかえって、そこに蒼《あお》ざめた蠟石《ろうせき》のように冷やかな姫の顔を見た。ハッキリとした憎悪《ぞうお》と侮蔑《ぶべつ》の色である。

小弥太は大鉈を振りあげた。が、その鉈はたそがれの宙に迷った。三の姫宮を斬り殺してこの女と逃げる……。その道が白くスルスルとたそがれの幽暗の中にかけ渡ってゆくように思われた時に、

「おのこ」

とたった一言、三の姫宮は例の磬をうち叩くような鋭い声になった。小弥太はバネ仕掛けのように躍《おど》り上って、そのモヤモヤのたそがれの底にふるえ泣いている女をメッタ斬りにするのである。

小弥太は長いこと放心したように立ったまま、にぶく光る沼のおもてを眺めやっていた。葦の間からヨシキリのかまびすしい声が騒ぎ立った時にも、ぼんやりとまるで何の反応をも示さなかった。が、

「おのこ」

という三の姫宮の美しい声が湧いた瞬間、衛士は闇の中に仄白《ほのじろ》く浮んでいる姫の襟首のあたりに向ってやにわに突進していった。

磬を叩くような三の姫宮の声が、次第に細り、ヨシキリのそのかまびすしい啼き声のなかにまぎれ消えてゆくのである。

用語注釈一覧

(1) 一八五六～一九〇〇。英国の作家。世紀末唯美主義文学の代表者。作品に「獄中記」「ドリアングレーの肖像」。
(2) lame duck 〈英語〉のこと。廃船などの役に立たなくなったもの。破船。
(3) 北原白秋。一八八五～一九四二。詩人、歌人。福岡県柳川市に生まれた。詩集に「邪宗門」「思ひ出」など。
(4) 冬が去り、春が来ること。悪い事ばかり続いたのがようやく善い方に向ってくること。
(5) 陸海軍大将のうち特に功労のあった者に贈る称号。
(6) 宇宙をあわせのむこと。
(7) 勝報。勝った知らせ。
(8) トルストイの長編小説。
(9) つかまえてみなごろしにほろぼすこと。
(10) 陸軍の中心兵種である砲兵に関し、教練の制式、戦闘原則などを規定した教則書。
(11) 徒党を組んで出没し、殺人掠奪などをする連中からなる土着軍のようになること。
(12) 一九五〇年前後に流行した遊戯。

(13) 一九〇六〜一九五五。小説家。観念的なものから、時代小説、推理小説まで多彩な才能を見せ、また、無頼奔放な実生活でも知られた。小説に「吹雪物語」「真珠」「白痴」など、評論には「日本文化私観」「堕落論」などがある。檀一雄と親交があった。

(14) 太宰治。

(15) 〈中国語〉「名無しの権兵衛」というような意味。

(16) 一九〇二〜二〇〇〇。仏文学者、文芸評論家。著書に「ふらんす手帖」「フランス文壇史」等。

(17) 大型のプランクトンの一種で、エビに似ている。

(18) ハガとは竹串、樹枝などにもちを塗り、囮(おとり)をつかって鳥を捕るもの。

(19) adorum。強力な催眠剤で、常用すると中毒症状を起こすことがある。

(20) Watch〈英語〉見張り。番。

(21) 陶淵明「帰去来辞」の冒頭の句「帰去来兮、田園将レ蕪」による。意にそわない官を辞して故郷に帰ろうというのが本来の意味。一般的には故郷に帰るため、ある地を去ることをいう。

(22) 海面上の距離、または航海上の里程の単位。緯度一分の長さで、一八五二メートルに相当。
(23) 坂口安吾は、昭和二六年に、競輪不正事件を暴露し、注目をあびたことがある。
(24) 船窓。
(25) 座頭鯨。体長約十五メートル。胸鰭が長大で、体全体は黒いが白斑のあることがある。性格はおとなしく、往々大群をなす。
(26) 一八六八〜一九一二。英国の探検家、海軍大佐。一九一二年一月、南極極点に達したが帰路吹雪のため凍死。
(27) 天彦はやまびこのこと。やまびこを呼ぶ。
(28) Erebus。南極ロス島にある活火山で、発見者ロスの船の名により命名。四〇二三メートル。
(29) 〈英語〉右舷。
(30) 喜望峰付近に出没したと伝えられる幽霊船で、同船の船長は最後の審判の日まで風波と戦いながら航行する運命にあるとされていた。
(31) ドストエフスキーの長編小説「カラマーゾフの兄弟」の中に登場する人物。ドミトリイはカラマーゾフ家の長男で野性的な情熱とロシア人的純粋をもち、グルシェンカは商人の妾であるが情熱的な女。ドミトリイと、物欲と淫蕩の権化のような彼の父フョードルがともにグルシェンカに思いを寄せ、相争う。

(32) 道風は平安中期の書家小野道風(八九四~九六八)。彼は少年時代に蛙が柳に飛びつこうとして何度も失敗のすえようやく成功したのをみて発奮し、書家として大成したという。

(33) いって乾しあげた魚。

(34) 甲板を軽石で磨くこと。

(35) waste。〈英語〉くず、廃物の意。

(36) 一八九九~一九八七。小説家。三十八歳の時、「普賢」により芥川賞を得、戦時下にも時局に迎合せず、数々の個性的な作品を発表した。敗戦後、檀、太宰、安吾らとともに無頼派(新戯作派)と称された。作品に、「マルスの歌」「白描」「焼跡のイエス」「鷹」など。

(37) 中国十一世紀北宋の「程子語録」にある語。何のなすところもなく、徒らに一生を終ること。

(38) 「更級日記」に出てくる武蔵国の竹芝寺の言い伝えによるもの。この作品全体が竹芝寺の言い伝えをモチーフとしている。

(39)「小倉百人一首」にある大中臣能宣(おおなかとみのよしのぶ)の歌。歌意は、宮中のご門警護の衛士のたく火が夜は燃え、昼は消えているように、私の心の恋の炎も、夜はもえあがり、昼は身も心も消え入るばかりに物思いに沈んでいる。

(40) 明時はあかつき(暁)のこと。大明時はこの場合広々とした原いちめんの夜明けの意。

P+D BOOKS ラインアップ

花筐	檀一雄	●大林監督が映画化、青春の記念碑作「花筐」
楊梅の熟れる頃	宮尾登美子	●土佐の13人の女たちから紡いだ13の物語
人間滅亡の唄	深沢七郎	●〝異彩〟の作家が「独自の生」を語るエッセイ集
夢の浮橋	倉橋由美子	●両親たちの夫婦交換遊戯を知った二人は…
血涙十番勝負	山口瞳	●将棋真剣勝負十番。将棋ファン必読の名著
続 血涙十番勝負	山口瞳	●将棋真剣勝負十番の続編は何と〝角落ち〟

P+D BOOKS ラインアップ

われら戦友たち	柴田 翔	●	名著「されど われらが日々――」に続く青春小説
公園には誰もいない・密室の惨劇	結城昌治	●	失踪した歌手の死の謎に挑む私立探偵を描く
鞍馬天狗 1 鶴見俊輔セレクション 角兵衛獅子	大佛次郎	●	"絶体絶命"新選組に取り囲まれた鞍馬天狗
鞍馬天狗 2 鶴見俊輔セレクション 地獄の門・宗十郎頭巾	大佛次郎	●	鞍馬天狗に同志斬りの嫌疑! 裏切り者は誰だ!
鞍馬天狗 3 鶴見俊輔セレクション 新東京絵図	大佛次郎	●	江戸から東京へ時代に翻弄される人々を描く
鞍馬天狗 4 鶴見俊輔セレクション 雁のたより	大佛次郎	●	"鉄砲鍛冶失踪"の裏に潜む陰謀を探る天狗

（お断り）

本書は１９７３年に旺文社より発刊された文庫『花筐・光る道　他四編』を底本としております。
あきらかに間違いと思われるものについては訂正いたしましたが、
基本的には底本にしたがっております。
また、底本にある人種・身分・職業・身体等に関する表現で、現在からみれば、
不当、不適切と思われる箇所がありますが、著者に差別的意図のないこと、
時代背景と作品価値とを鑑み、著者が故人でもあるため、原文のままにしております。

檀 一雄（だん かずお）
1912年（明治45年）2月3日—1976年（昭和51年）1月2日、享年63。山梨県出身。1951年、『真説石川五右衛門』で第24回直木賞受賞。代表作に『火宅の人』『リツ子・その愛』『リツ子・その死』など。

P+D BOOKS

ピー プラス ディー ブックス

P+Dとはペーパーバックとデジタルの略称です。
後世に受け継がれるべき名作でありながら、現在入手困難となっている作品を、B6判ペーパーバック書籍と電子書籍で、同時かつ同価格にて発売·配信する、小学館のまったく新しいスタイルのブックレーベルです。

花筐《はなかたみ》

2017年12月10日　初版第1刷発行
2025年5月7日　第7刷発行

著者　檀 一雄
発行人　石川和男
発行所　株式会社　小学館
〒101-8001
東京都千代田区一ツ橋2-3-1
電話　編集　03-3230-9355
販売　03-5281-3555
印刷所　株式会社DNP出版プロダクツ
製本所　株式会社DNP出版プロダクツ
装丁　おおうちおさむ（ナノナノグラフィックス）

ISBN978-4-09-352323-3